DER KAISERJÄGER

MERK-WÜRDIGES
AUS
50 JAHREN

GESAMMELT
UND
ERZÄHLT
VON WERNER KRAINZ

Herstellung und Verlag:
BoD – Books on Demand, Norderstedt
ISBN 978-3-7322-3194-2

WERNER KRAINZ

Geboren 1921 in Kufstein,
Matura 1939, dann Beginn
des Medizinstudiums bis zum
Kriegsdienst. Nach schwerer
Verwundung Fortsetzung des
Studiums, Promotion April 1945.
Bis 1951 Ausbildung am
Krankenhaus Kufstein.
Seit 1. 3. 1951 Arztpraxis in
St. Johann in Tirol.
Werner Krainz hat schon als
Student regelmäßig für lokale
und Studentenzeitungen
geschrieben, ab 1960
medizinische und
nichtmedizinische Artikel
bzw. Abhandlungen für
einheimische und
auch ausländische
(BRD, Niederlande)
Zeitschriften.

Unveränderter Nachdruck der Ausgabe von 1997,
damals herausgegeben vom
Alpenverein, Sektion „Wilder Kaiser" St.Johann in Tirol.
Illustrationen: Heinz Gruber, St. Johann
©Alle Rechte bei Werner Krainz

Verlag Hannes Hofinger
WWW.HANNES-HOFINGER.AT
St. Johann in Tirol

Vorwort

Die alte Schachtel

(Merk-würdiges)

In meinem Schreibtisch herrschte seit eh und je eine gezielte, ich nenne es sogar eine geordnete Unordnung. In den einzelnen Schubladen liegt zwar alles durcheinander, aber gewisse Dinge können nur in einer ganz bestimmten Lade sein.

So hatte ich seit vielen Jahren im linken untersten Fach einen alten Karton (bei uns in Tirol heißt das eine alte Schachtel, wobei dieses Wort allerdings noch eine zweite viel verwendete Bedeutung hat). Über den Deckel hatte ich einmal quer darüber das Wort geschrieben „Merk-würdiges". Da hinein habe ich seit nunmehr 50 Jahren immer wieder lose Zettel mit Notizen gelegt, auf denen ich Begebenheiten und auch Überlegungen (die der Tag so brachte)

meist aus meiner Tätigkeit als Arzt (am Lande) mit damals noch viel zu Fuß durchzuführenden Krankenvisiten; da konnte man so schön seinen Gedanken freien Lauf lassen und sozusagen zu sich selbst finden, wozu man heute oft gar keine Zeit mehr hat.

Auf diesen Notizblättern steht nun etwa nicht nur Merk-würdiges, nein auch viel Banales und Lustiges, aber immer Zusammenhänge oder Erlebnisse, an die ich mich später erinnern wollte, die mir eben des Merkens „würdig" erschienen waren. Früher oder später würden diese losen Blätter vielleicht von meinen Kindern oder Enkeln übersehen und weggeworfen werden, oder wenn sie sie beachteten, könnten sie sicher manches des zum Großteil Steno-grafierten nicht entziffern. Ich wollte aber diese Erinnerungen meiner Familie hinterlassen und habe diese Seiten ursprünglich nur zum privaten Gebrauch geschrieben. Unter dieser Voraussetzung möge der Leser die folgenden Seiten entsprechend milde beurteilen!

Werner Krainz

Aller Anfang ist schwer

Arg krank!

Unmittelbar nach Ende des zweiten Weltkrieges, also Mai-Juni 1945, war es für einen jungen Arzt sehr schwierig, eine Ausbildungsstelle zu bekommen, schon gar nicht eine bezahlte!

Man mußte froh sein, überhaupt an einem Krankenhaus unterzukommen. Der Krieg hatte ja viel zu viele Ärzte gebraucht und deshalb auch „produziert". Ich wurde daher von manchem Kollegen beneidet, als ich bei einem Kinderarzt eine Stelle bekam. Nicht etwa als Assistenzarzt oder als ständige Vertretung! Nein, als Helfer in der Ordination eines alten Herrn, den die Kriegswirren nach Tirol verschlagen hatten und der jetzt in Kufstein eine bald sehr frequentierte Facharztpraxis als Kinderarzt betrieb. Dr. Hansen - der Kinderarzt - war ein waschechter Rheinländer, ein Kölner, und er beherrschte die Kinderheilkunde hervorragend, Wissen und Erfahrung in bester Mischung! Weniger allerdings kam er mit dem Tiroler Dialekt, vor allem wie er von der bäuerlichen Bevölkerung gesprochen wurde, zurecht. So mußte ich oft als Dolmetscher fungieren. Ich erinnere mich zum Beispiel, daß Herr Dr. Hansen ein ca. ein Jahr altes Kind untersuchte und dann zur Mutter, einer Bergbäurin, mit besorgter Miene in seiner klangvollen Kölner Mundart sagte: „Liebe Frau, dat Kind ist aber arsch krank!" „Was moanst?" „Ich sagte schon, das Kind ist arsch krank!" Da wendet sich die Mutter zu mir: „Geh, sag ihm decht, das is a Blödsinn. Dem Buaberl fehlt's net beim Arsch, des derschnaufts nimmer!"

Dr. Hansen hatte eben eine schwere Lungenentzündung festgestellt!

Die ersten 48 Stunden als Landarzt!

Nach einigen Wochen ging dann doch die sehr interessante und lehrreiche Zeit bei Dr. Hansen dadurch zu Ende, daß ich eine Ausbildungsstelle am Krankenhaus bekam. Schon bald aber gab es eine abrupte Unterbrechung: Der Chefarzt rief mich eines Tages zu sich und informierte mich mit den Worten: „Der Sprengelarzt mußte ganz plötzlich auf unbestimmte Zeit verreisen und Sie müssen heute noch in das Dorf, um dort den Kollegen in seiner großen Landarztpraxis zu vertreten. Machen Sie es gut und verdienen Sie sich damit Ihre ersten Sporen (und auch Schillinge, dachte ich mir)!" Ich freute mich natürlich über diese Berufung und machte mich unverzüglich sozusagen auf die Socken:

Voller Vertrauen auf mein theoretisches Wissen und erfüllt von dem Idealismus, nun als Arzt am Lande - gewissermaßen an der medizinischen Front - der Menschheit Gutes tun zu dürfen und auch zu können!

Es war ein Freitag, abends gegen 6 Uhr; ich wurde schon hart erwartet: „Sie sollen gleich in das Nachbardorf fahren zu einer Geburt, die Hebamme hat schon zweimal dringend um den Arzt geschickt!" Ausgerechnet! In der Klinik-Ausbildung war ich wohl bei mehreren Geburten dabeigewesen, hatte aber noch keine selbständig geleitet und schon gar nicht irgendwelche operativen Eingriffe durchgeführt. Es handelte sich um eine Wehenschwäche und ich war - allerdings zu früh - froh, daß ich diese mit Injektionen beheben und die Geburt normal zu Ende führen konnte.

In der Familie hatte über die Schwangerschaft der Tochter keine große Freude geherrscht - die werdende Mutter war ledig und das war damals bei der Tochter eines größeren Bauern, der noch dazu in der Gemeindepolitik eine Rolle spielte, doch noch ein erheblicher Makel!

Als aber jetzt ein gesunder Bub da war, freute man sich doch und die Bäuerin stellte uns - der Hebamme und mir - ein Omelett auf den schönen alten Tisch in der Stube.

Und was für ein Omelett! Es schwamm fingerdick in der Butter! Und das in den ersten Nachkriegsmonaten, wo ich - wie die meisten Leute damals - dem Fett völlig entwöhnt war. Ich brachte einfach keinen Bissen hinunter.

Doch wie sollte ich das so gut gemeinte Essen zurückweisen bzw. stehen lassen ohne die Bäurin zu beleidigen?

Während ich noch überlegte, stürzte die Frau aufgeregt zu uns herunter in die Stube (das Entbindungszimmer war im ersten Stock) und rief: "Kommts schnell, die Resi blutet ganz schrecklich!"

Es war eine schwere Nachblutung, die Gebärmutter war erschlafft, hatte sich nicht mehr zusammengezogen und komprimierte so nicht mehr die Blutgefäße. Also sofort Mutterkompräparat spritzen! In der Geburtshelfertasche war aber nichts Derartiges mehr da.

Ich war im Moment am Ende meiner Weisheit (die ohnehin nicht sehr groß war), fühlte, wie mir der kalte Schweiß kam und die Beine weich wurden! Die Blutung war in höchstem Maße lebensbedrohlich, ohne Frage! Es ging um Minuten! Da erinnerte ich mich, gehört zu haben, daß man in so einem verzweifelten Fall eine innere Gebärmuttermassage versuchen könnte und müßte. Also versuchte ich, die Blutung zu stillen und damit die Frau zu retten! Und ich hoffte auf ein Wunder! Und nach kurzer - wenn auch für mich unendlich langer Zeit - konnte ich deutlich fühlen, wie die Gebärmutter begann sich zusammenzuziehen und sofort die Blutung nachließ! Es war gelungen!

Aber jetzt kamen die großen Bedenken und zum Teil auch Schuldgefühle: Ich hatte ja keine sterilen Handschuhe zur Verfügung, hatte nicht einmal mehr Zeit gehabt, die Hände zu waschen, von einer richtigen Händedesinfektion, wie in der Chirurgie vorgeschrieben, konnte ohnehin keine Rede sein! Die logische Folge: die junge Mutter muß eine schwere Sepsis bekommen und sie wird diese kaum überleben. Noch hatten wir ja kein Penicillin. Wie sollte ich mit diesen Gedanken schlafen können, obwohl es schon Mitternacht war, als ich in mein Zimmer im Hause des Sprengelarztes kam?! Ich war reichlich mitgenommen und trotzdem war an Schlaf nicht zu denken.

Die 2. Geburt in der gleichen Nacht!
Eine Stunde später in der gleichen, ersten Nacht!

Es läutete an der Haustüre und ich sollte gleich wieder in das Nachbardorf und zwar nur ein paar Häuser weiter kommen. Die Hebamme begrüßte mich: „Ja, Herr Doktor, jetzt san's zu früh heimg'fahren, weil der Nachbar hat mein Motorradl kennt und mi glei gholt!"

Diesmal handelte es sich um eine normal verlaufende Geburt, bei der sich aber jetzt die Nachgeburt nicht löste. Es war das 14. Kind (aber nicht die 14. Geburt, zwei oder drei waren Zwillingsgeburten gewesen), der Kindesvater ein Frührentner (wobei der Rentenstatus aber offenbar nicht die Potenz betraf!), der sich neben dem Kinderzeugen noch mit Korbflechten beschäftigte. Es gab nur einen einzigen Wohnschlafraum. In der Mitte ein großer Tisch, viele Hocker drum herum und an den Wänden größere und kleinere Betten, in denen die Kinder schliefen. Besser gesagt nicht schliefen, denn die meisten standen aufrecht in den Bettchen und schauten interessiert zu, während zwei schon halbwüchsige Töchter sich in der winzigen Küche zu schaffen machten und die älteste Tochter der Hebamme half, die Mutter am großen Wohnzimmertisch zu plazieren und ihr mit einigen Kissen ein halbwegs bequemes Liegen zu ermöglichen. Narkosemittel war nicht vorhanden, Krankenhauseinweisung wurde mit den Worten ausgeschlossen: das macht unser Doktor immer so!

Elektrisches Licht gab es in der ebenerdigen Hütte des Korbflechters, Frührentners und potenten Kindererzeugers auch nicht! Aber eine Stallaterne mit einer Kerze und einem praktischen Handgriff. An diesem hielt der vielfache Vater die Laterne und leuchtete recht gut. Im übrigen konnte ich im Inneren der Gebärmutter ohnehin nichts sehen. Die Plazentalösung gelang ohne Schwierigkeit und ich freute mich schon, daß es doch auch Geburten zu geben schien, die ohne Komplikationen verliefen, zumindest soweit es den ärztlichen Beistand betraf.

Da ging der Lichtkegel des Kerzenlichtes plötzlich woanders hin und dann war er ganz weg: Der Kindesvater lag am Boden: Er hatte einen epileptischen Anfall und ich wußte jetzt zwei Dinge: erstens warum er Frührentner war und zweitens, warum er eine geschützte Stallaterne mit Kerze an Stelle einer Petroleumleuchte benützte. Während ich mich um den Epileptiker kümmerte (die Plazentalösung hatte ich ja vor wenigen Augenblicken beendet), sagte mir die Hebamme in aller Ruhe, daß er meistens während der Entbindung seiner Frau einen Anfall habe. Diesmal hatte die Frau aber ohne Hebamme entbinden müssen, was beim 14. Kind kein besonderes Problem war und außerdem hatte der Vater ja auch schon einige Routine. „Er wird halt keine Zeit für einen Anfall gehabt haben" meinte die „weise Frau" (so nennen ja recht treffend die Franzosen die Wehenmutter: la sage femme!).

Der weitere Verlauf der Nacht war ungestört und der Ordinationsvormittag verlief ohne Besonderheiten! Damals war der Samstagvormittag noch ein normaler Sprechstundentag, ja, es kamen sogar mehr Leute als unter der Woche, besonders wurden von Patienten oder von Angehörigen Medikamente aus der Hausapotheke abgeholt!

Am Nachmittag hatte ich dann zahlreiche Visiten zu machen; die letzte war bei einer sehr netten, großen Familie auf einem schönen, gepflegten und mit vielen Blumen geschmückten Bauernhof am Rande des Dorfes. Ich machte diese Visite als letzte, weil der alte Bauer für die Nacht regelmäßig eine Spritze zu bekommen hatte (laut der Liste, die mir die Frau Doktor übergeben, besser gesagt mit Würde und strengem Blick überreicht hatte). Als ich vom ersten Stock herunter und an der Küche vorbeikam, roch es nach Paniertem.

Ja, sagte die Bäurin, heute gibt's gebackene Herrenpilze (sie sagte natürlich Schwammerl), aber das werden Sie ja nicht mögen! Ich hatte das wirklich noch nicht gekannt und es schmeckte ausgezeichnet und die ganze Familie saß so gemütlich um den großen runden Tisch in der Stube. Nach der letzten praktisch ausgefallenen Nachtruhe ging ich früh schlafen.

Gegen Mitternacht wachte ich plötzlich mit Bauchschmerzen und starkem Brechreiz auf. Ich erreichte mit Müh' und Not die am Ende des Ganges gelegene Toilette! Die nächsten 20 oder 30 Minuten waren schlimm: Erbrechen, Durchfall, Bauchschmerzen, dazu kalter Schweiß und drohender Kollaps! In dieser Situation läutete es an der Haustüre Sturm! Da ich natürlich nicht zur Tür konnte und das Läuten aber immer intensiver wiederholt wurde, rief meine Hauswirtin zuerst beim Fenster hinunter und dann hörte ich sie schon an meiner Zimmertüre klopfen:

„Herr Doktor! Haben Sie das Läuten nicht gehört? (Sie beneidete mich offenbar um den guten und tiefen Schlaf der Jugend!) Sie sol-

len ganz gleich zum Berger-Bauern kommen, da haben drei Kinder ganz arg Bauchweh und zwei andere haben Brechen und Durchfall!" Ich rief ihr vom Clo aus mit matter Stimme zurück: „Das hab ich alles auch, aber nicht auf fünf Personen verteilt! Schwammerlvergiftung ! Ich komme, sobald ich kann!"
Das war die erste und letzte Diagnose, die ich vom Clo aus gestellt habe!

Noch waren keine 36 Stunden meiner Tätigkeit als Landarzt vergangen, als ich mich in den Morgenstunden dann auf den Heimweg vom Berger-Bauern machte und zu einem Frühstück, bestehend nur aus ungezuckertem Kamillentee, setzte (dabei habe ich immer gern und viel gefrühstückt) und leicht konsumiert und deprimiert einige tiefschürfende Überlegungen anstellte: Warum mußte mir das alles passieren? Bin ich vielleicht zum Landarzt nicht geeignet, weil ich eben das nicht zu haben schien, was der alte Fritz von einem preußischen General verlangte: FORTÜNE! Da kam mir ein fast heldenhafter Entschluß: Ich wollte meine weitere Einstellung zu dem Problem meiner Berufung zum Landarzt von der heute fälligen Kontroll-Visite bei der ersten Geburt abhängig machen. Hatte sie vielleicht doch noch keine Infektion, noch kein Fieber, weil noch niemand nach mir gerufen hatte?
Nach verschiedenen Routinevisiten, die trotz des Sonntags notwendig waren, kam ich so zwischen 4 und 5 Uhr nachmittags - (die Zeitangabe ist wichtig) - zu dem Bauernhaus im Nachbarort. Alles war still, die Haustüre offen, die Türe zum Entbindungszimmer, das ja die Schlafkammer der jungen Mutter war, war nur angelehnt. Und drinnen war niemand! Das Bett war sauber aufgebettet, nur der Säugling schlief und war der einzige Beweis, daß ich das alles nicht nur geträumt hatte. Doch wo war die Kindesmutter? Hatte man sie schon mit hohem Fieber ins Krankenhaus gebracht?
Niemand war im Haus den ich fragen konnte! Mir wurde fast übel vor Schreck! Endlich hörte ich vom Stall her das Quietschen eines Schubkarrens, mit dem der Mist auf den Misthaufen gefahren

wurde. Die Person mußte ich gleich fragen, da sonst offenbar niemand im ganzen Anwesen war. Ich rief die Magd, die mit Kopftuch und Mistgabel bewaffnet war, an und sie drehte sich um: „Ja, der Doktor, griaß Di! Mir gehts fei net recht guat! Soviel miad bin i und glei schwitzn tua i!" Es war die Wöchnerin! Beim Stallausmisten! Eine Strafe für das ledige Kind mußte ja schließlich sein! Der weitere „Wochenbettverlauf" war völlig unkompliziert und fieberfrei und somit stand meiner weiteren Tätigkeit als Landarzt nichts mehr im Wege. Die Fortüne war doch da!

Nur mein Glaube an die Bösartigkeit der Bakterien, Bazillen und anderen Mikroorganismen war zutiefst erschüttert!

Zufall oder Schicksal

Die Linkshänder

Samstagnachmittag, 15.30 Uhr in der chirurgischen Ambulanz des Krankenhauses. Ein Holzarbeiter hat sich eine schwere Verletzung am rechten Knie zugezogen, eine auffallend scharf begrenzte, quadratisch erscheinende Wunde, welche tief in das Gelenk reichte: die Ärzte sprechen von einer perforierenden Gelenksverletzung.

Diese Verletzung ist mit einer hohen Infektionsgefahr belastet, ist aber Gott sei Dank nicht häufig. Der Mann hatte sich die Wunde beim Hantieren mit einem Spezialwerkzeug, wie es die Holzarbeiter zum Einhaken und Weiterbewegen der gefällten und bereits von den Ästen befreiten Baumstämme benützen, einem sogenannten Zapin -

zugezogen. Dieses Gerät hat eine sehr scharfe, vierkantige Spitze, daher die eigenartige Form der glatten Wundränder. Bei dieser Arbeit wird ein Fuß einen Schritt vorgestellt, darum ist beim Abgleiten des 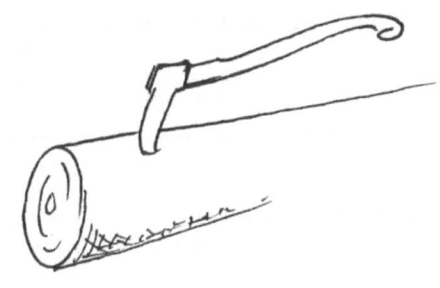 Zapins besonders die Innenseite des Kniegelenkes gefährdet. Hier war es das rechte Knie, also mußte der Mann Linkshänder sein. Was er auch prompt - wenn auch leicht verwundert - bestätigte. Zusammenfassend: eine an sich schon nicht häufige Verletzung, noch seltener bei einem Linkshänder!

Am Krankenhaus war damals ein Operationsdiener, der schon gegen oder gar über 40 Dienstjahre auf seinem breiten, kräftigen

Buckel hatte. Er war ein typischer Pykniker, untersetzt, mit einem auffallend runden Kopf und kleinen, lustigen Knopfaugen, wie sie früher die Teddybären hatten. Dieser OP-Diener war ein Original im besten Sinne. Für die jungen Ärzte hatte er im allgemeinen nicht viel übrig, er nahm sie mehr als unabwendbares Übel hin und ließ es widerwillig zu, daß sie ihn manchmal bei einigen seiner Aufgaben - z.B. beim Gipsen und Anlegen der damals noch viel verwendeten Streckverbände - dienstbeflissen behinderten.

Im übrigen nahm er nicht allzu viel Notiz von den jungen Doktores. Schließlich war Zeno in den vielen Jahren zu einer Art Institution geworden, während die jungen Ärzte wie Sternschnuppen (deshalb waren sie ihm auch „schnuppe") vorbeiziehen und wieder verschwinden würden.

Nur mit mir war der Mann immer freundlich, ich möchte fast sagen väterlich freundlich. Das hatte folgenden Grund: An einem der ersten Tage meiner Dienstzeit im Krankenhaus war ich mit ihm gerade so ins Gespräch gekommen. Wo er denn her wäre, fragte ich ihn, weil er doch so einen eigenartigen Dialekt spreche, tirolerisch und doch mit einem anderen Akzent.

Er sei aus Oberbayern, aber schon lange in Tirol. Ja, wo aus Oberbayern ? Ach, ein ganz kleines Dorf bei Rosenheim, das kennen Sie ja doch nicht! Jetzt wurde ich aber erst recht hartnäckig, denn ich war längere Zeit in Bayern gewesen. Schließlich sagte er: „Ich komme zwar aus der Erdinger Gegend, aber meine Familie stammt eigentlich aus Vogtareuth"

„Dann heißt Ihr Vater oder vielleicht ein Bruder sicher Emmeran!" Da starrte er mich wie ein Wesen von einem anderen Stern an und fragte nur: „Wie können denn Sie das wissen?"

„Ich weiß noch mehr: daß z.B auf Eurem Kirchturm in Vogtareut an der obersten Spitze sozusagen als Wetterfahne der Heilige Emmeran abgebildet ist. Das ist der Heilige, der immer mit einer Leiter dargestellt wird und bei Rosenheim oder genauer bei Aibling erschlagen worden ist. Er ist wohl der Kirchenpatron dort und deshalb werden soviele Buben auf den sonst wirklich nicht häufigen Vornamen

Emmeran getauft!" Den Volltreffer in oberbayrischer Heimatkunde landete ich dann noch mit dem Zusatz: „Ich war damals für einige Wochen in dem nahen Ort Langenpfunzen untergebracht!"

Daß jemand ausgerechnet in dem damals noch sehr kleinen, heute schmucken und aufstrebenden Ort gewesen war und sich nicht nur an den für einen Tiroler ganz ausgefallenen Vornamen erinnerte, sondern auch noch an den Heiligen mit der Leiter auf der Kirchturmspitze, war ihm noch nie untergekommen. Jedenfalls war ich seinem trotz der 40 „Exiljahre" immer noch bayrischen Herzen ein großes Stück nähergerückt!

Ich habe viel von dem OP-Diener - bleiben wir aber besser bei seinem Vornamen - also von dem lieben Zeno gelernt: Medizinisch-technisches, wie Verbände, Gipstechnik usw., aber auch Menschliches. So philosophierte er einmal über die gegenwärtigen schlechten Zeiten (es waren ja die ersten Nachkriegsjahre): „Ihr jungen Ärzte könnt ja jetzt gar nicht lernen, wie man Gicht oder Nierensteine erkennt und behandelt! Die gibt's ja gar nicht mehr. Vor dem Krieg hat es viele gegeben, aber jetzt können sich diese Krankheiten halt nur mehr die niederbayrischen Ökonomen leisten!" (Wobei für den Eingeweihten der nie versiegende, wenn auch meist unterschwellige Neid der Ober- gegenüber den Niederbayern unüberhörbar war).

Auch der Wein war damals sehr knapp. Und unser Zeno war beileibe kein Trinker, aber am Samstag zum Wochenende gehörten zwei oder drei Vierterl Rotwein schon zur Erfüllung seiner Lebensphilosophie von der Milch: „Der Wein ist die Milch der Alten" (Vinum lac senum): Auch ohne Lateinkenntnisse kann man diesem Spruch anhängen! Und Zeno tat es. Daß er dazu auch in dieser Notzeit Gelegenheit hatte, daran war ein dankbarer Patient schuld, der nicht nur wieder gesund, sondern auch Weinhändler war und unseren Freund oft an den Samstagnachmittagen mit dem flüssigen Stoff versorgte.

So an diesem Samstag wieder. Bei der Versorgung der Wunde des

Holzarbeiters war er nicht dabei gewesen, er hatte ein paar Stunden frei. Gegen 7 Uhr abends kam er in das Dienstzimmer und sagte mir was von einer Kniegelenksverletzung und er glaube, die sei sicher perforierend. Ich schaute ihn wohl sehr verduzt an und bald hätte ich ihn schwer beleidigt: „Zeno, Zeno, Du warst wohl bei Deinem Freund, dem Weinhändler!"

„Die perforierende Knieverletzung habe ich ja schon vor Stunden versorgt, und zwar war es ein rechtes Knie!"

Stolz auf meine Beobachtungsgabe sagte ich noch: „Ein Linkshänder!" Er dachte nach und sagte: „Ja, richtig, das rechte Knie! Aber der Verletzte liegt oben im Aufnahmeraum und wartet auf den Arzt!" Es war nicht nur die gleiche Körperstelle, die Wunden glichen sich in Größe und Aussehen, auch diese war durch einen „Zapin" zugefügt worden und der Zeitpunkt der Verletzung - nur der Transport hoch vom Berg herunter war viel länger gewesen - war der gleiche: 14.30 Uhr, einer wie der andere!

Eine sehr seltene Verletzung ereignete sich mit dem gleichen Gerät bei der gleichen Arbeit ganz zur gleichen Zeit und beide Betroffenen sind Linkshänder! ... „Zufall? .. Wohl ja!

Der Imker

Es gab da gleich nach dem Krieg, als noch wenige Leute ein Auto besaßen und noch nicht auf allen Nebenstraßen Postautos verkehrten, ein ca. 60 Jahre altes Bäuerl. Der gute Mann war ledig und bewirtschaftete den Hof nur mit einer entfernt Verwandten und den Kindern derselben.

Seine große Freude waren aber die Bienen, von denen er eine erhebliche Zahl an Völkern hatte. Er war stolz darauf, daß ihn seine Bienen so gut kannten - wie er des öfteren erzählte - , daß sie ihn nie stachen, obwohl er sich keiner Schutzmaske bediente und meist auch nicht die übliche Pfeife rauchte, wenn er in das Bienenhaus ging.

Doch eines Tages wurde er gleich von mehreren Bienen überfallen und gestochen. Er stürzte sofort ins Freie und fiel dabei über irgendein Gerät, das da gerade herumlag. Er spürte gleich, daß jetzt mit der Schulter was passiert war und machte sich, wie immer zu Fuß, auf den immerhin 8 km langen Weg zum Arzt!

Er erzählte mir den ganzen Hergang und meinte dazu: „Es muß mit mir aber auch sonst etwas los sein, vielleicht steht mir allerhand Schlechtes bevor, weil das die Bienen - er sagte Impen - merken. Sonst hätten sie mich nicht gestochen!" Das war nun wohl eine volkstümliche Umschreibung für den Begriff der Parapsychologie, daß seine Aura nicht in Ordnung wäre!

Es handelte sich jedenfalls um einen schulternahen Oberarmbruch. Also Gipsverband und Heimtransport! Was, Heimtransport? Das kam nicht in Frage, er ging zu Fuß. Das war so um die Mittagszeit. Gegen Abend saß er wieder im Wartezimmer! Er war vor der Haustüre ausgerutscht und auf die Hand der gesunden Seite gefallen! Zum zweiten Mal an diesem Tag hatte er sich auf den langen Weg gemacht!

Diagnose Handgelenksbruch, jetzt auch Gipsverband an der anderen Hand bzw. am Unterarm.

4 Wochen später: Unser Freund - nennen wir ihn einmal Hansei -

kam zur Gipsabnahme. Nach entsprechenden Anweisungen für Bewegungsübungen zur Mobilisierung der Gelenke riet ich ihm dringend, diesmal doch nicht wieder zu Fuß den langen Weg in der Mittagshitze zurückzulegen. Was er auch versprach!

Kaum eine Stunde später glaubte ich, meinen Augen nicht trauen zu können: Saß doch Hansei wieder im Wartezimmer und hielt sich den Arm. Mit seiner immer heiseren Stimme schilderte er die vergangene Stunde so: „Ich hab da eine Zeit lang an der Kreuzung gewartet,

dann ist bald einmal ein Bauer aus unserem Dorf mit einem Fuhrwerk gekommen und der hat mich mitgenommen. Ich habe mich hinten auf den Leiterwagen gesetzt. Nach wenigen Minuten sind wir an der Kaserne vorbeigekommen; dort haben die Soldaten geschossen und das Pferd hat plötzlich einen Sprung gemacht und ich bin heruntergefallen, weil ich mich mit den Armen nicht genügend festhalten hab' können."

Diesmal war es eine Verrenkung der bisher gesunden Schulter! Der weitere Verlauf war unkompliziert. Hansei erfreute sich auch in den nächsten Jahren bester Gesundheit und hat meines Wissens bis zu seinem Tod kein größeres Mißgeschick mehr gehabt!

Wie war das nun mit den Bienen? Zufall?

Alle guten (und schlechten) Dinge sind drei? Gesetz der Serie? Ob die Bienen wirklich was vorausgewußt oder -gespürt haben? Wer weiß da eine Antwort?

13. Oktober 1978 -

Zum runden Geburtstag eines Freundes
(Erlkönig II) Akute Lähmung

Wer fährt so weit bei Nacht und Wind,
nach Süditalien zum Baden geschwind?
Es ist der Franz mit Hilde und Hund,
Auf Ischia Kuren ist ja so gesund!
Südlich schon vom Apennin,
fährt Franz zu einer Tankstelle hin,
will bremsen, doch es geht nicht - wumm!
Da fährt er fast die Zapfsäule um.
Doch nicht die Bremsen haben versagt,
viel schlimmer ist's, Gott sei's geklagt!
Als das Auto endlich zum Stehen kam,
erschrak er: beide Beine sind lahm!
Er kann nicht mehr gehn'n, ja - kaum noch steh'n,
schrecklich! Wie soll es nun weitergeh'n?
Fahren kann nur Franz allein,
Hilde hat keinen Führerschein.
Beiden ist klar: die Reise ist aus,
der Mann muß gleich ins Krankenhaus.
Den Franz ladet schließlich die Rettung ein,
das Wohnmobil fährt man hinterdrein.
Doch bis Innsbruck ist es weit,
es dauert schier eine Ewigkeit.
Die Lähmung steigt höher, erreicht bald die Hände,
wird die Atmung gelähmt, dann ist das das Ende!
Franz erreichte die Klinik mit Müh' und Not -
doch im Wagen dahinter der Hund war tot!!

Das Testament

Die Witwe eines durch einen tragischen Unfall früh verstorbenen Arztes kam zur Operation der Gallenblase an unsere chirurgische Station. Als Abteilungsarzt hatte ich mich um die üblichen Voruntersuchungen zu kümmern. Am Abend vor dem vorgesehenen Operationstag kam die diensthabende Schwester zu mir: Frau D. - die besagte ca. 45-jährige Witwe - sei in großer Sorge und ich möchte bitte zu ihr kommen.

Frau D. sagte mir nun ziemlich wörtlich folgendes:

„Ich wollte heute noch mein Testament machen, in welchem ich verschiedene wichtige Regelungen für meine zwei Kinder - 18 und 15 Jahre alt - treffen muß. Mein Anwalt ist aber heute nicht gekommen und hat mich verständigt, daß er erst morgen zur Abfassung des Testamentes kommen kann. Ich muß das aber unbedingt erledigen, denn ich weiß (sie sagte ausdrücklich „ich weiß" nicht etwa „ich fürchte" oder „es könnte sein"), daß ich das Krankenhaus nicht lebend verlassen werde. Ich habe aber so zahlreiche und starke Gallenkoliken, daß es so auch nicht weitergehen könnte. Bitte sagen Sie Ihrem Chef, er möchte nicht ungehalten sein und wenn irgend möglich die Operation um einen Tag verschieben!"

Ich versprach das natürlich, wandte aber ein, daß ihre Bedenken doch sicher unberechtigt seien. Alle erhobenen internen Befunde waren ausgezeichnet oder mindestens normal, es bestanden auch sonst keine Risikopunkte (Alkohol, Nicotin o.ä.) und als Arztensgattin hatte sie ja lange genug in der Praxis mitgeholfen, um zu wissen, daß eine normale Gallenoperation mit keinen großen Gefahren verbunden war.

Auf meine Worte lächelte sie etwas gequält: „Nett, wie Sie das sagen, aber ich weiß es ganz bestimmt, daß ich sterben werde."

Am nächsten Tag kam dann also der Anwalt oder Notar und am Tag darauf nahm der Chef die Gallenoperation vor: Der Eingriff verlief ebenso wie die Narkose vollkommen unkompliziert und keinerlei Schwierigkeiten waren postoperativ zu erwarten.

Der weitere Verlauf war fieberfrei, die Patientin konnte bald aufstehen und schon nach 10 Tagen konnte ich bei der letzten Visite zu ihr sagen: „Nun, Frau D., heute nachmittag werden Sie ja abgeholt und alles ist gut gegangen! Gott sei Dank haben Sie sich umsonst solche Sorgen gemacht!"

Darauf sagte sie (und ich höre heute noch den Ton, in dem sie es sagte): "Lieber Herr Doktor, haben Sie herzlichen Dank, aber noch habe ich das Krankenhaus nicht verlassen!"

Ich war im Wege der Visite noch keine drei Zimmer weiter, als eine Schwester rief: "Sofort zu Frau D. kommen!" Die Frau lag angezogen neben dem Bett, massive Lungenembolie, pulslos, weite Pupillen! Alle Wiederbelebungsbemühungen waren vergeblich.

Der Hauptmann

1. Teil

Mitte November 1941 entlang der Rollbahn (=Truppen-vormarschweg) geht die 4. Kompanie unseres Infantrieregimentes in offener Reihe. Ein Kübelwagen fährt vorbei. Der darin sitzende Offizier ruft mehrmals etwas mir Unverstädliches. Mein Hinter-mann klopft mir auf die Schulter und sagt: „Du, der meint Dich, das ist unser Kommandeur". Ich war ja erst seit zwei Tagen bei dieser Kompanie, nachdem unsere 2. bei einem russischen Panzerüberfall weitgehend aufgerieben worden war. Der Offizier deutete mir, zu ihm zu kommen. Nachdem ich mich vorschriftsmäßig gemeldet hatte (Schütze Krainz usw.) sagte er: „Wir kennen uns doch oder wollen Sie Ihren Direktor nicht mehr kennen? Wie heißen Sie, sagen Sie es noch einmal! Krainz, an den Namen erinnere ich mich zwar im Moment nicht, aber ich erkenne Sie wieder. Sie haben doch bei mir in Regensburg das Abitur gemacht!"

„Herr Hauptmann, ich bin zwar Student, aber ich habe das Gymnasium und die Matura in meiner Heimatstadt Kufstein gemacht, ich war in meinem Leben noch nie in Regensburg!" „Was", schrie er, „sie und kein Bayer! Mit dem Dialekt! (Ich hatte in den zwei Jahren die bayrische Mundart wohl zu gut gelernt!) Aber ich erinnere mich jetzt genau, Sie waren immer schon ein unange-nehmer und schlechter Schüler! (Ich konnte mir nur denken, aber nicht sagen „Wenn DU wüßtest") Das werden Sie noch bereuen, daß mich einer meiner Schüler verleugnet, das ist mir noch nie passiert! Wegtreten!"

2. Teil, 2 Tage später!

Wir waren in einem kleinen Kaff untergebracht. Um ca. 5 Uhr früh „Alarm! Alles antreten!" Der Kompaniechef verkündet: In der wei-teren Umgebung wurde ein russisches Reiterbataillon gemeldet. 7 km von hier nach Norden ist eine strategisch wichtige Kolchose an einem Flußübergang. Diese muß unter allen Umständen gehalten werden!

Der 1. Zug (ca. 30 Mann) marschiert sofort ab! In dem Moment kam der Bataillonskommandeur, der Hauptmann. „Wer geht als Stoßtrupp? Der 1. Zug!" Und er fragt: (Es war natürlich noch finstere Nacht) „Wo ist der Student aus Regensburg, mit dem ich vorgestern gesprochen habe?" Mir blieb nichts über, als mich zu melden.

„Sie gehen dort mit, lassen Sie sich sofort ein MG geben." (Ausfassen hieß das)!

Und ab gings zu der Kolchose. Stoßtruppleiter war ein junger Fähnrich, auch Student, mit dem ich sehr gut zurecht kam, als ich ihm erzählte, warum mich der Bataillons-Kommandant diesem Himmelfahrtskommando zugeteilt hatte.

Der Fähnrich sagte, daß er den Befehl erhalten habe, die Stellung mindestens 48 Stunden zu halten, wenn notwendig bis zum letzten Mann!

In der Kolchose waren wir rücksichtsvoll zu den Leuten bei der Einquartierung und die armen Leute waren sehr freundlich zu uns. Wir wurden gut verpflegt und sie freuten sich über unsere Bezahlung! Wir hatten seit Tagen keine warme Verpflegung gehabt. 48 Stunden vergingen, kein Feind weit und breit zu sehen oder zu hören! Wir blieben noch einen Tag in diesem Urlaubsdomizil und hätten schon längst Nachricht von bzw. Befehl von unserer Einheit erhalten sollen, wohin wir uns in Marsch zu setzen hätten. Also zurück zum Abmarschort vor 3 Tagen!

Dort war inzwischen eine sogenannte Frontleitstelle eingerichtet. Der Offizier fragte erstaunt, wo wir denn herkämen. „Ja, Eure Einheit gibt es nicht mehr, die ist vor drei Tagen am frühen Morgen von einem russischen Reiterbataillon überfallen und fast bis auf den letzten Mann niedergemacht worden, vor allem auch die Offiziere!"

Da kann wohl nur ein eingefleischter Atheist an Zufall glauben und der nur, solange er Schlimmeres nicht selbst erlebt. Wie heißt es doch „In einem Flugzeug mit ernstlichen Turbulenzen gibt es keine Atheisten!"

Weiteres aus den Kufsteiner Jahren

Ein Krankentransport mit Hindernissen!

Im Mai 45, also wenige Wochen nach Kriegsende, war ich beim Roten Kreuz in Kufstein tätig. Ein dringender Transport mehrerer Patienten an die Klinik zusammen mit einem für das Nervenkrankenhaus in Hall ergab für mich die Möglichkeit, daß ich am Rückweg mein noch in meinem Innsbrucker Quartier verbliebenes und in den Nachkriegsmonaten so wertvolles Fahrrad abholen und im Rettungsauto nach Kufstein bringen konnte.

Zuerst mußte der Patient in Hall übergeben werden. Es war gerade Mittagszeit, als ich mit dem Einweisungsschein zum Portier kam und ihm sagte, ich hätte dort im Auto einen Patienten. Der hört aber gar nicht auf mich, sondern sagt nur: kommen Sie mit! Wir waren kurz darauf im ersten Stock in einem Raum, der Untersuchungsraum war. Aber was heißt: wir waren, nein, ich war allein im Raum, der gute Mann hatte die Tür von außen hinter mir zugemacht. Im ersten Moment hatte ich die Tragweite dieser Handlung gar nicht erfaßt. Aber jetzt gefiel mir nichts mehr: Die zwei vorhandenen Türen hatten keine Klinken, die Fenster waren verriegelt und gesichert, das vorhandene Telefon zu bedienen war ebenfalls ergebnislos. Natürlich auch rufen und lautstark klopfen. Vorerst, dann endlich wurde die Tür einen Spalt breit geöffnet und der Zerberus rief herein: „Ruhig, der Doktor kommt bald!" Ich schrie zurück: „Ich bin ja der Arzt!"

Antwort: „Ist schon recht, ruhig bleiben!"

Nach einer mir endlos scheinenden Zeit kam tatsächlich der diensthabende Arzt und sagte mir: „Jetzt haben Sie aber Glück gehabt, der Patient war nämlich schon einmal hier und kam freiwillig wieder. Er ist zum Portier gekommen und hat gefragt, wo denn der Doktor bleibe, der ihn hergebracht hat!" Seither habe ich Gott sei Dank keine Einweisungen in eine geschlossene Anstalt mehr durchführen müssen!

Die Ablieferung der Patienten an die Klinik war komplikationslos und somit konnte ich mein Fahrrad abholen und in das Rettungsauto einladen. Also ab nach Hause.

Damals war aber das Unterinntal von zwei amerikanischen Divisionen besetzt, die Divisionsgrenze war bei Rotholz und jeder brauchte einen Passierschein! Das war natürlich für einen Rettungstransport kein Problem. Leider lautete der aber nur auf:

Transport von Kufstein in die Klinik nach Innsbruck. Der Posten in Rotholz sagte einfach: Stop, retour! Alles Gestikulieren half nichts. Ich konnte mich trotz einiger Englischkenntnisse mit seinem grausamen Südstaatendialekt nicht verständigen (es war ein Schwarzer, heute heißt das ja wohl Afroamerikaner). Und versuchen Sie einmal einem amerikanischen GI aus dem tiefsten Süden klarzumachen, daß man in Tirol zu einem Krankentransport im Rettungsauto auch ein Fahrrad braucht.

Als endlich ein höherer Dienstgrad kam, konnten schließlich die Mißverständnisse bereinigt werden und dem Endspurt nach Kufstein stand nichts mehr im Wege!

Passionsspielort Thiersee als Ersatz für Rosenhügel und Geiselgasteig

In den Nachkriegsjahren, ca. 1945-50, war im Passionsspielort Thiersee das frühere Passionsspielhaus als Filmaufnahmestudio eingesprungen, da sowohl Geiselgasteig in München als auch Rosenhügel in Wien aus verschiedenen Gründen nicht zur Benützung standen.

Es wurden dort zahlreiche, (auch bekannte) Filme gedreht und die Schauspieler blieben auch nicht von verschiedenen Unfällen oder Wehwehchen verschont und mußten dann das nächstgelegene Krankenhaus Kufstein aufsuchen.

Ich war dort schon mehrere Jahre in meiner Chirurgischen Ausbildung und habe dadurch Gelegenheit gehabt, namhafte und bekannte Künstler zu sehen, zum Teil auch zu behandeln oder an deren Behandlung durch den Chefarzt mitzuwirken.

Ohne die genaue zeitliche Reihenfolge einzuhalten, wäre da von folgenden Herren und Damen zu berichten:

Paul Hörbiger war gerade von einer Reise in die Vereinigten Staaten zurückgekommen. Er war dort von Bekannten oder Emigranten eingeladen und einige Monate dort gewesen. Er erzählte uns begeistert, was es dort drüben alles Positives zu sehen und zu hören gibt, auf welchem Gebiet uns die Amerikaner voraus sind, usw., usw.

Als mein Chef seine Schwärmerei über Amerika mit der Frage unterbrach: „Ja, Herr Hörbiger, warum sind Sie dann eigentlich nicht drüben geblieben, hatten Sie dazu keine Möglichkeit?", antwortete Paul Hörbiger: „Was, drüben bleiben? Nicht einmal als Denkmal!"

An die gleiche Zeit habe ich noch eine Erinnerung, die allerdings nichts mit Thiersee zu tun hat, sondern mit dem Auffanglager, das damals, 45, im Raum Schaftenau war.

Und zwar hat die mit unserem, damals in ganz Österreich bei groß und klein bekannten Rapid-Mittelstürmer Franz Binder zu tun. Franz Binder, der große österreichische Fußballer, war im

Anhaltelager in Schaftenau, das damals bereits unter französischer Kontrolle war, und wurde nicht freigelassen, weil man ihn verdächtigte, irgend eine üble Position innegehabt zu haben, weil man ihn doch allgemein den „Kanonier von Hütteldorf" nannte. Einige Mitglieder des Sportklubs Kufstein, bei dem ich auch war, hatten erfahren, daß Binder dort wäre, und da sie wußten oder annahmen, daß ich Französischkenntnisse hatte, baten sie mich, zu versuchen, Franz Binder frei zubekommen. Ich hatte infolge der Behandlung mehrerer französischer höherer Besatzungsmitglieder einige Beziehungen und so gelang es uns tatsächlich, die Franzosen zu überzeugen, daß die Waffe des „Kanoniers" Franz Binder nur der Fußball war, keine Kanonenkugel. So kam dann Franz Binder frei und spielte ein Jahr lang beim Sportklub Kufstein.

Übrigens hat Hans Weigel, der als alter Rapid-Fan bekannt ist, in einem seiner Bücher seinen Fußballfreund von Rapid, Karl Binder, erwähnt; ich habe es dann gewagt, dem Herrn Weigel zu schreiben, daß wir da einen gemeinsamen Freund haben, weil Binder auch ein Jahr in Kufstein mit mir im gleichen Fußballklub und auch wiederholt mein Patient wegen seines lang schon bestehenden Knieleidens war, daß allerdings unser gemeinsamer Freund Franz (Binder) und nicht Karl geheißen hat. Begreiflicherweise habe ich damals von Weigel nie eine Antwort bekommen. Ich weiß allerdings auch von anderen Leuten, die ihm vielleicht weniger auf die Zehen getreten sind, daß er auch die nicht einer Antwort für würdig befunden hat.

Ab 1951 in St. Johann
Hier lebt man gefährlich

Ein Kaiserjäger stirbt nicht im Bett!

Ort der Handlung: ein kleines Holzhaus, am Rande eines Tiroler Dorfes, vor dem Haus neben dem Eingang die typische Gartenbank und davor wie üblich ein kleines Gemüsegärtchen.

Zeit: Ende März 1951!

Ich hatte mich erst vor einigen Wochen als praktischer Arzt in dem Dorf niedergelassen und freute mich natürlich über jeden Patienten. Konnte ich doch jetzt all das bisher theoretisch und praktisch an Universität und Krankenhaus Gelernte, ergänzt durch die Erfahrungen aus meiner Landarzt-Vertretung, endlich in die Praxis umsetzen. Keine Mühe sollte mir zuviel sein!

Dieser Idealismus einerseits und der Glaube an die Schulmedizin andererseits bekamen durch ein Erlebnis einen beträchtlichen Dämpfer, welches mich so beeindruckt hat, daß ich mich heute noch an jede Kleinigkeit erinnere:

Ich sehe mich noch, gegen Abend in das kleine Haus am Ortsrand gehen. Dort wohnt ein 83jähriger Rentner, der zwei Berufe voll durchgedient hat: zuerst dreißig Jahre Eisenbahn, dann dreißig Jahre Hausmeister und Parkwächter! Jetzt genießt er die beiden Pensionen und die Erinnerungen an die schönste und stolzeste Zeit seines Lebens: seine Militärdienstzeit bei den Tiroler Kaiserjägern, einige Zeit davon in Bosnien!

Eine Tochter führt mich in den kleinen Raum, in dem der Pensionist Franz Josef neben seinem Bett auf einem Stuhl sitzt und sichtlich überrascht auf den Eintretenden blickt!

Er wußte nicht, daß seine Familie nach einem Arzt gerufen hat.

„Was ist? Wer bist Du? Was willst?"

Ich sehe schon von der Türe aus, daß die in dicken Hausschuhen steckenden Beine stark geschwollen sind, auch die Kurzatmigkeit ist nicht zu überhören. Also die Diagnose:

„Herzversagen" im Volksmund „Wassersucht" genannt, ist sicher! „Ich bin der neue Arzt hier am Ort und Deine Kinder haben mich gerufen, weil es Dir nicht gut geht!"

Patient: „Verschwinde, ich brauch keinen Doktor!"

Jetzt versuche ich es aber mit der Höflichkeit: „Herr sowieso, jetzt legen Sie sich einmal kurz auf das Bett, damit ich Sie untersuchen kann."

Patient: „Nix da, ich leg mich nicht nieder und ich brauch keinen Doktor!"

„Aber Sie sind schwer herzkrank und Sie brauchen dringend eine entsprechende Behandlung! Lassen Sie mich wenigstens einmal hier im Sitzen den Blutdruck messen und das Herz abhören."

Patient: „Nix zu machen, ich laß mich nicht untersuchen!"

„Sie brauchen aber unbedingt eine Behandlung für Ihr schlechtes müdes Herz! Am besten herzstärkende und wassertreibende Injektionen!"

Patient aufbrausend: „Ich brauch keine Spritzen! Und jetzt verschwind, sonst knallts!"

Und im gleichen Moment greift der Kranke hinter den Tisch und mit offenbar gekonntem Griff legt er sein altes k. u. k. Militärgewehr auf mich an. Sohn und Tochter stehen hinter mir und wissen offenbar auch nicht, ob die Waffe wirklich geladen und schußbereit ist. Mir bleibt nichts übrig, als den - zugegeben wenig ehrenvollen - Rückzug anzutreten. Doch der Herzkranke hat jetzt offenbar noch Luft genug, trotz seiner Kurzatmigkeit, mir nachzurufen: „Ein Kaiserjager stirbt nicht im Bett!"

Die Angehörigen entschuldigen sich für den Vorfall und bedanken sich für mein Kommen, wo doch die anderen Ärzte im Dorf ja nicht mehr zum Vater kommen, weil sie ihn schon kennen!

10 Tage später: Ich habe von dem Schwerkranken nichts mehr gehört. Aber auch von dem, ohne jede Behandlung ja sicher bald zu erwartenden Ableben des Herrn Franz Josef war mir nichts zu Ohren gekommen. Da ich an diesem Tag gerade in der Gegend bin, gehe ich die paar Schritte hinüber zu dem kleinen Haus. Dort sitzt - sich

offenbar in der wärmenden Frühjahrssonne sehr wohlfühlend - der vermeintlich Todkranke auf der Bank neben dem Hauseingang, raucht vergnügt eine Pfeife und empfängt mich diesmal wider Erwarten freundlich: „Ah, Du bist ja der neue Doktor! Gell, da schaust!" Dabei streicht er sich mit triumphierender Miene über seinen martialisch aufgezwirbelten Schnurrbart, stolzes Statussymkol des alten Kaiserjägers.

Ich bin sprachlos, denn der Mann ist eindeutig mit dem Kreislauf wieder weitgehend in Ordnung, keine Kurzatmigkeit mehr, auch die geschwollene Knöchelgegend ist sichtlich dünner geworden. Wer hat den Mann wohl behandelt und so gut wiederhergestellt, sozusagen ihn - wie die Leute hier sagen - dem Tod von der Schaufel geholt? Ist hier vielleicht irgend ein Kurpfuscher oder ein Kräuterweiberl am Werk gewesen? Ist da vielleicht doch was dran? Doch die Angehörigen schildern mir dann den weiteren Verlauf jenes Abends bzw. der Nacht so: „Als Sie gegangen waren, mußten wir dem Vater aus einem nahe gelegenen Wirtshaus eine Flasche Schnaps und eine Schachtel mit 5 starken Zigarren holen. (Für Raucher eine Anmerkung: es waren die in Österreich beliebten „Virginier"), Dann blieb der Vater an seinem Stuhl zwischen Tisch und Bett sitzen, trank während der Nacht die Flasche Schnaps aus und rauchte die 5 Zigarren. Am Morgen fanden wir ihn vor dem Bett liegend bewußtlos oder im Tiefschlaf und legten ihn dann in oder besser auf das Bett. Zwei Tage und Nächte hat er sich kaum gerührt, dann ist er aufgestanden und hat nach Essen und Trinken verlangt. Seither geht es ihm viel besser und er marschiert auch wieder mehrmals täglich um das Haus herum!"

Ich aber habe seit damals viel nachgedacht über so manche Probleme zwischen Himmel und Erde, über den Unterschied zwischen Theorie und Praxis und darüber, wie wenig sich die menschliche Natur in all ihren Möglichkeiten erfassen läßt.

Den Franz Josef sah man noch einige Jahre die Sonne, auf der Hausbank sitzend, genießen und um sein Häuschen und den kleinen

Garten herumspazieren. Nur einen Arzt hat man nie in das Haus des Pensionisten kommen gesehen!

Eines Tages fanden ihn seine Angehörigen in seinem Sessel zusammengesunken zwischen Tisch und Bett, offenbar einem plötzlichen Schlaganfall erlegen: sein größter Wunsch war in Erfüllung gegangen: Der Kaiserjäger war nicht im Bett gestorben!

Informationsmängel
Man kann nie genug erklären!

Wenn man noch so genau zu sein glaubt, kann man doch mißverstanden werden!

Am besten mit Schmalzbrot

Einer älteren Jungfrau von ca. 70 Jahren (die mit einer ebenfalls unverheirateten Schwester zusammenlebte) mußte ich ein Mittel gegen ihre Gelenksschmerzen verschreiben. Wegen der gleichzeitigen Magenbeschwerden verschrieb ich keine Tabletten sondern Suppositorien, also Zäpfchen zur

rektalen Anwendung, und ich glaubte, ihr das genügend erklärt zu haben. Nach einer Woche kam sie zur Kontrolle: „Ja, es geht mir deutlich besser, nur die "Medizin' (so nannte sie die Zäpfchen), - die ist verflixt schwierig zu derpacken! Zuerst hab ich's mit warmer Milch probiert, das ist gar nicht gegangen. Aber jetzt weiß ich's: am besten ganz fein aufwiegen (in kleinste Scheibchen schneiden) und dann auf ein dick belegtes Schmalzbrot verteilen. So schmecken die Trümmer ganz gut!"

Geholfen haben sie jedenfalls auch auf diesem Wege!

Die Seerosensalbe

Ein altes Bäuerl kam zu einer Kontrolluntersuchung zu mir und meinte dann nur noch: „Bitt schön, Herr Doktor, könntest mir nicht noch ein Rezept für meine Frau aufschreiben. Sie fahrt immer zum Hautarzt und der gibt ihr die Seerosensalbe und die tut ihr halt soviel gut!" So, Seerosensalbe! Was konnte er bloß meinen?!
Dank der vielen Kriminalromane, die wir als Gymnasiasten heimlich in der Schule gelesen hatten, löste ich den Fall: Es war die SCHEROSON-Salbe, die damals als Hautmittel sehr beliebt war!

Der Druckfehler

Ein eleganter, sportlicher Herr, der einen ausgesprochen gesunden Eindruck machte, schilderte gewisse Darmbeschwerden sehr anschaulich und meinte dann: er wisse ja die genaue Diagnose, aber niemand konnte ihm bisher helfen. Im Rahmen einer klinischen Durchuntersuchung sei die Feststellung getroffen worden: „Verkrimpfungen!"
Auf meinen Einwand, er meine wohl „Verkrampfungen", kam wie aus der Pistole geschossen die Antwort: „Ja, das sagt mir jeder Arzt, aber ich habe den Befund ja selbst gelesen, ich leide an Verkrimpfungen und das ist eben viel schlimmer!"
Es war natürlich nur ein Druckfehler im Arztbrief, der dem Patienten die einmalige Chance gab, mit einer Diagnose fröhlich weiterzuleben, die außer ihm niemand vorzuweisen hat.

Tödlicher Wechsel

Ein Pensionist übersiedelte von Oberösterreich zu seiner Tochter nach Tirol und kam mit dem Überweisungsschein seines bisher behandelnden Arztes. Auf so einem Schein sind die persönlichen Daten, die zuständige Krankenversicherung und der Grund der Zuweisung zu einem anderen Arzt vermerkt.

Der gute Mann überreichte - ja, er gab es mir nicht, das wäre nicht zutreffend - er überreichte mir mit feierlich ernster Mine ein geöffnetes Kuvert mit den Worten:

„Ja, Herr Doktor, ich weiß, daß ich den Briefumschlag nicht hätte aufbrechen dürfen, aber ich konnte nicht widerstehen. Ich fühle ja schon lange, daß es um mich schlecht steht, aber der Arzt in X hat mir die Diagnose ja immer verschwiegen. Ich spüre es ja schon lange. Und dabei klopfte er sich mehrfach mit dem Mittelfinger (das fiel mir auf und ich sehe ihn noch wie heute in all seiner Todesangst vor mir) auf die linke Brustseite! Ja, bitte lesen Sie, bevor Sie mich untersuchen! Ich habe da hier einen tödlichen Wechsel, ich habe es gelesen und ich spüre es jetzt immer öfter!"

Und wieder tippte der Mittelfinger der rechten Hand auf die Herzgegend!

Ich faltete leicht verwirrt und erwartungsvoll den Überweisungsschein auseinander und dort stand in der Zeile „Grund der Zuweisung": „DOMIZILWECHSEL"!

Die Diät

Ein 11-jähriger Bub aus der Umgebung von München war für die ganzen Sommerferien in unserem Dorf bei Verwandten. Der Bub war sehr übergewichtig und der Vater war am ersten Ferientag mit dem nicht mehr gar so kleinen und sehr gewichtigen Kari bei mir. Was der Bub denn tun sollte, damit er jetzt in den Ferien abnehmen würde?

Es wurde mit dem Vater (der nicht in Tirol blieb) und mit dem recht netten und aufgeweckten Buben eine lange Liste von allem erstellt, was er essen und trinken und vor allem aber, was er eben nicht trinken darf: Cola, Fanta, Ravilla und  wie diese kalorienträchtigen Limos alle heißen! Alles schien klar, alles war schriftlich festgehalten.

Am Ende der Ferien kam der Bub wieder. Man konnte schon ohne Waage feststellen, daß er ganz bestimmt nicht ab-, eher noch zugenommen hatte. Kari versicherte mir aber treuherzig, er habe sich ganz bestimmt an die Liste gehalten: Kein Cola, kein irgendwelches Limo. Ich fragte: „Ja hast Du dann reines Wasser oder Mineralwasser getrunken?" „Na, das mag ich nicht!" „Ja was denn dann?" „Ja, Bier halt, 2 Halbe alleweil, wenns heiß war auch mehr!" Und? „Davon is fei nix auf der Liste gestanden!"

Die Adolfine

Ein Patient kommt zur Blutdruckkontrolle in die Praxis des Gemeindearztes. Die Aufzeichnungen über die jeweilige Therapie waren sehr spärlich, was ja normalerweise weiter gar nichts machte, weil der Kollege ohnehin seine Schäflein alle seit Jahren kannte. Für mich als Vertretung stellte sich allerdings immer wieder die Aufgabe, aus den Angaben der Patienten herauszufinden, welche Medikamente sie derzeit eingenommen hatten. Ich freute mich über jeden, der die leeren Packungen mitgebracht oder einen Zettel hatte, auf dem alles aufgeschrieben war. In diesem Fall war aber nichts vorhanden. Dafür kam aber die Frage des Hochdrucklers: „Dann soll ich also die Adolfine weiternehmen?"

Das war ja leicht zu beantworten: Er meinte natürlich das damals viel verwendete „Adelphan".

Der gleiche Mann kam schon nach wenigen Tagen wieder zum Blutdruckmessen: Als ich gute Werte mitteilen konnte, sagte er:

„Also gut, dann kann ich ja weiterfahren!?"

Ich: „Ja, wie bisher!"

Er: „Na, ich mein ja übers Wochenende nach Osttirol!"

Der Luteus

Ein Erlebnis hatte ich, bei dem ich derjenige war, dem etwas zu wenig erklärt wurde. Der Betroffene bzw. Erzählende weigerte sich aber standhaft, seine Behauptung näher zu begründen. Das war so:

Ein wirklich recht wenig attraktives, vielleicht 50-jähriges Männchen (Angabe von Alter, Namen oder gar Adresse wurden strikt verweigert!) sagte Folgendes:

„Ich bin nicht von Eurem Ort hier. Unser Arzt hat aber bei mir das Blut untersuchen lassen und mir dann erklärt, daß ich einen Luteus habe. Das ist eine Ansteckung. Die kann ich aber nur von der Kirche oder am Clo bekommen haben. Jetzt möchte ich von Ihnen wissen, was Sie dazu sagen!"

Es konnte sich aber kein fruchtbringendes Gespräch entwickeln, da der fakultative Patient jeder Untersuchung ebenso wie weitere Angaben verweigerte. Und so ließ er mich schließlich mit meiner ungelösten Frage allein:

Vom Clo, das kann ich noch irgendwie als Grund bzw. Ort der Infektion (der Luteus war ja natürlich eine Lues = Syphilis) denken, aber die Kirche? Wie meinte er das bloß?

(Für Hinweise bzw. Lösungen wäre der Schreiber dieser Zeilen sehr dankbar.)

Die Schulaufgabe

Ein ungefähr 10-jähriger Bub wurde mit einem Schienbeinbruch gebracht. Er hatte sich bei einem - wie er selbst sagte - gewaltigen Schisturz die Verletzung zugezogen und hielt sich trotz des schweren, schmerzhaften Bruches außerordentlich tapfer.

Weder beim Ausziehen der Schischuhe noch bei der notwendigen Lageveränderung beim Röntgen stöhnte er. Und von Weinen war schon gar nicht die Rede. Mit einem Wort ein tapferer Bub.

Ebenso brav war er dann beim Einrichten und Eingipsen der Verletzung.

Als er dann auf den Heimtransport mit dem Rettungswagen wartete und für einen bestimmten Tag wiederbestellt wurde, fragte der harte Bursche: „Ja, kann ich jetzt in den nächsten Tagen nicht in die Schule gehen?" Als er hörte, daß er ca. eine Woche liegen müsse, brach er plötzlich lautstark in Tränen aus.

Ich fragte ihn: „Gehst Du denn so gern in die Schule?!" (Das ist bei Mädchen recht oft der Fall, bei den Buben aber sehr selten!) „Nein,

nein!" „Ja, warum weinst Du dann plötzlich, jetzt, wo doch alles überstanden ist?"
"Weil ich vor dem Schifahren noch die Schulaufgaben gemacht habe!! !"

Der freundliche Polizist!

In Linz am rechten Donauufer hatte ich einen Strafzettel unter dem Scheibenwischer, als ich gerade von einer Ärztetagung kam. Falsches Parken!
Ich ging zur nahen Polizeiwache, um dort gleich den Obulus an die Staats- oder Stadtkasse zu entrichten.
Da kam ich mit dem recht leutseligen Beamten ins Gespräch: „Ah, Sie sind ja aus dem bekannten Wintersportort, da fahre ich ja immer zweimal im Jahr hin zum Schifahren, zu Weihnachten und in den Semesterferien mit der Frau und den zwei Kindern. Wir haben dort nämlich Verwandte!"
Inzwischen war die Amtshandlung beendet, die Buße (wie es in der Schweiz geheißen hätte) bezahlt und ich ging zur Tür mit den Worten: „Na, dann werden wir uns ja vielleicht bald in St. Johann sehen, und zwar bei mir!"
Antwort: „Ja, gerne!"
Ich war noch keine zehn Schritte von der Polizeistation weg, als mir der Freund und Helfer nachrief: „Ja, wo finde ich Sie denn?"
Antwort mit mindestens ebenso freundlichem Lächeln: „Das weiß dann schon die Rettung. Ich bin dort nämlich Unfallbehandler!"

Der kaputte Tee

Kurz vor Weihnachten kam einmal eine Mutter mit einem reizenden 4-jährigen Mädchen in die Ordination. Die Kleine erzählte dann gleich, daß sie die Tabletten von neulich immer fleißig eingenommen habe und zwar mit einem „kaputten Tee" (Hagebuttentee). Weiters sagte der kleine Blondschopf: „Und da draußen (im Wartezimmer) hat jetzt ein Herr zu mir gesagt: Ich werde mir vom Christkind auch so schöne Locken wünschen, wie Du sie hast. Der Mann hat nämlich gar keine Haare. Ich habe ihm gesagt: Ja, tu das! Und Zähne soll Dir das Christkind auch bringen!"

Der Rettungswagen

Unsere Rot-Kreuz-Station hatte damals erst ein einziges Auto, dafür aber einen Telefonanruf-Beantworter. Dieser war folgendermaßen besprochen: „Das Rettungsauto ist unterwegs, bitte rufen Sie die nächste Rettungsstelle unter der Nummer soundso!"
Als in einer kleinen Gemeinde der näheren Umgebung ein Bauer im Stall einen schweren Unfall erlitt, rief er dem Melker zu: „Mußt gleich zum Wirt" - dort war das nächste Telefon - „und von dort die Rettung anrufen!" Der junge Bursch war bald zurück und tröstete den Schwerverletzten: „Werd' glei besser, sie san scho unterwegs".
In der Aufregung fiel dem Verletzten wohl die für einen so einfachen Menschen nicht recht passende Formulierung nicht auf: „Sie san scho unterwegs". Und es kam niemand!
Und noch einmal schickte er den Melker zum Telefonieren.
Und wieder kam der gleich zurück: „Ja, ja, der hat wieder g' sagt, das Auto ist schon unterwegs!" Er hatte die Nummer gewählt und nach dem Satz: „Das Rettungsauto ist unterwegs ... „ sofort wieder aufge-

legt, ohne daß ihm in der Aufregung aufgefallen wäre, daß er ja gar nicht gesagt hatte, wohin die Rettung fahren sollte!

Die Reaktion der Rettungsstelle: Dem Text wurde vorangestellt: „Achtung, hier spricht ein Tonband!" Aber das war schließlich in der Steinzeit dieser heute allgemein bekannten Einrichtung!

Wir bauen für Sie ....

Immer wieder und meines Erachtens auch immer häufiger findet man weithin lesbare Schilder, die auf neue oder Erweiterungsbauten hinweisen mit einer Aufschrift wie:

„SälI baut für Sie eine neue Gondelbahn!" oder „Hier entsteht für Sie eine neue Verkaufsabteilung mit 1.500 m²" oder noch impertinenter:

„Wir bauen für Sie eine neue Verkaufsabteilung für größere Auswahl und besseres Service! Während des Umbaues sind gewisse Behinderungen unvermeidlich, wir danken für Ihr Verständnis!" oder so ähnlich!

Unsinn! Die bauen das doch nur, damit sie einen größeren Umsatz erzielen und damit mehr verdienen können.

Bei etwas mehr Ehrlichkeit müßte diese Aufschrift ungefähr folgendermaßen lauten:

„Wir bauen hier das und das, weil wir einen intensiven Angriff auf Ihre Brieftasche planen und Sie dazu verleiten wollen, mehr und leichter Ihr Geld auszugebenl"

Dabei gäbe es eine Branche, bei welcher der Begriff „wir bauen für Sie" viel besser zutreffen würde:

Es gibt da einen Neubau für ein ganz bestimmtes Unternehmen und eigentlich müßte man erwarten, daß dort bald einmal ein Schild angebracht wird, auf dem groß zu lesen steht:

„Wir bauen hier für Sie neue Räume für ein schnelleres Service, größere Auswahl an Särgen aller Preisklassen. Kaufen Sie jetzt, zahlen Sie später! Bitte sterben Sie nicht vor Eröffnung unseres Neubaues. Wir danken für Ihr Verständnis! Firma Luzifer und Söhne!"

Was der Tag so bringt

Die zwei Wikinger

Ende der zwanziger und in den dreißiger Jahren - ich erinnere mich aus meiner Schulzeit daran - gab es zwei dänische Komiker, die zuerst schon im Stummfilm und dann auch im Tonfilm weltweit für beste Unterhaltung mit ihrem wirklich guten und oft auch hintergründigen Humor sorgten. Sie waren sicher die Vorbilder für mehrere spätere Komikerpaare wie für Stan Laurel und Olvier Hardy, die allerdings mit wesentlich mehr Klamauk agierten. Für alle älteren Semester, die diese bei den dänischen Komiker, sie nannten sich Pat und Patachon, noch selbst erlebt haben, ist es deshalb leichter sich die handelnden Personen der folgenden Erzählung vorzustellen:

Von den beiden Dänen war der eine, Pat, groß und schlank und der andere ein kleiner Pykniker mit rundem Kopf und listigen Äuglein, Patachon.

Anfang der sechziger Jahre, als St. Johann noch die erste stürmische Fremdenverkehrsentwicklung mitmachte, wurde ich im Februar in eine der noch nicht sehr zahlreichen Fremdenpensionen gerufen. Es herrschte gerade eine recht heftige Grippewelle.

In einem Mansardenzimmer traf ich dort zwei Männer an, von denen einer mit hohem Fieber im Bett lag und vom anderen betreut wurde. Die beiden sahen sich unglaublich ähnlich, waren gleich groß, oder besser gesagt klein, untersetzt mit rundem Kopf und klaren hellen Augen: zweimal Patachon.

Beide waren pensionierte Kapitäne der dänischen Küstenschiffahrt, beide hießen Andersen, waren aber nicht verwandt oder gar Brüder, sie kannten sich nur vom kleinen Schifferhafen her, von dem aus sie viele Jahre der christlichen Seefahrt gehuldigt hatten.

Jetzt hatte der eine einen erheblichen grippalen Infekt, der in diesem Alter immer mit der Gefahr einer Lungenentzündung verbunden ist. Er erhielt von mir entsprechende Grippemittel, von der Hausfrau aber, wie ich später erfuhr, als altes gutes Hausrezept die Verordnung, einen kräftigen Schnapstee zu trinken. Diese Verordnung des Schnapstees hat sichtlich den Gesunden sehr beeindruckt, der prophylaktisch dann auch das gleiche Hausmittel konsumierte. Da der hochprozentige Alkohol schon damals in Dänemark ein vielfaches von den österreichischen Preisen kostete, zögerten sie nicht, sich in ausgiebigem Maße zu bedienen. Die zwei Wikinger hatten für vierzehn Tage gebucht. Nach vier oder fünf Tagen wurde ich wieder gerufen mit dem Hinweis, jetzt sei der eine zwar wieder auf den Beinen, jetzt habe es aber den anderen erwischt.

Also das ganze da capo: jetzt wurde der eine mit den entsprechenden, von mir verordneten Grippe- und dem von der Hausfrau verordneten Hausmittel behandelt, der andere würde ihn pflegen und seinerseits den Schnapstee konsumieren, um nicht einen Rückfall zu bekommen. Die Erkrankung des zweiten dauerte, wie es bei älteren Leuten bei Grippe meistens ist, wieder ca. 5 - 6 Tage und am letzten Tag ihres Urlaubes kamen beide zu mir in die Ordination um sich zu verabschieden und um die Rechnung zu bezahlen.

Dabei entspann sich noch folgendes Gespräch, das ich, wenn ich es auch nicht aufgezeichnet hätte, wohl heute noch wortwörtlich wiederzugeben in der Lage wäre: „Na, Sie haben aber Pech gehabt, beide nacheinander ziemlich schwer erkrankt und von der schönen Landschaft und der guten Luft haben Sie wohl nicht viel mitbekommen! Das war ein richtig verpatzter Urlaub"

Antwort der beiden unisono: „Das war der schönste Urlaub unseres Lebens. Zu Hause können wir aus zwei Gründen keinen Hochprozentigen trinken, erstens weil es zu teuer wäre und zweitens weil es unsere Frauen nicht gestatten! Hier haben wir den Schnaps nicht nur trinken dürfen, sondern sogar verordnet bekommen! Und wir haben unser altes Seemannsgarn gesponnen (der eine davon sprach fließend Plattdeutsch oder zumindest ein norddeutsches Idioml) und wenn wir das zu Hause tun, dann sagt bald eine von unseren Frauen: „Ach redet doch nicht wieder so viel dummes Zeug!"

„Noch einmal gesagt, schöner hätte ein Urlaub nicht sein können". Wenige Tage später traf ich die Inhaberin der Fremdenpension, die mir die Intensität der Behandlung mit ihrem Hausmittel noch schilderte: Sie habe jeden Tag eine ganze Flasche Schnaps besorgen müssen und die beiden seien praktisch nie nüchtern geworden. Beide haben jedenfalls die Grippe komplikationslos überstanden und in herrlicher Stimmung die Heimreise angetreten.

Ein neuer Trick

Im Rahmen der Einstellungs-Untersuchungen beim österreichischen Bundesheer erklärte ein Rekrut:

„Herr Doktor, ich bin vollkommen gesund, aber ich kann doch keinen Dienst beim Bundesheer tun. Ich kann nämlich nur kleine Schritte machen!"

Ich glaubte, nicht richtig gehört zu haben. Diese Angabe eines eher großen, jungen Mannes, er könne nur kleine Schritte machen, hatte ich bisher weder als Ausrede noch als Symptom irgendeiner Krankheit je gehört. Er blieb aber trotz meiner weiteren Fragen ganz fest bei der Behauptung: Ich kann nur kleine Schritte machen! Ich schlug ihm scherzhalber folgende Zwischenlösung vor (die ja in Wirklichkeit gar nicht in Frage kam):

„Nun beim Bundesheer können wir Sie nicht brauchen, aber ich werde mich sofort an eine italienische Truppe, die sogenannten Bersaglieri wenden. Das sind die, die bei Paraden an der Ehrentribüne nicht vorbeimarschieren bzw. -defilieren, sondern mit Rückengepäck und Waffe mit ihren lustigen Filzhüten und Federbuschen mit kleinen Schritten vorbeilaufen! Wir haben da ein Austauschprogramm!"

Der Rekrut schaute mich ungläubig an, wie denn wohl jemand auf so eine ausgefallene Idee kommen konnte! Nachwort: Monate später erzählte mir der Kompaniechef, daß der Mann ein recht tüchtiger Soldat geworden war. Von zu kleinen Schritten war den Ausbildnern nie etwas aufgefallen!

Die Skihose

Zwei Freunde aus dem hohen Norden waren am ersten Tag ihres Urlaubes miteinander beim Skilaufen, als sich schon das große Pech ereignete. Einer brach sich ein Bein, der Freund kam mit der Rettung mit. Nun ist es ja bei schweren Brüchen so, daß die schlimmsten d.h. schmerzhaftesten Minuten jene sind, wenn der Verletzte von den Kleidungsstücken befreit bzw. aus ihnen sozusagen herausgeschält werden muß. Das gestaltet sich bei der modernen Wintersportkleidung, den hohen und beinharten Plastikschischuhen, auch den modernen engen sogenannten Jet-Hosen oft wirklich recht schwierig und ist auch bei viel Sorgfalt und Erfahrung der Schwestern oder der Gipsdiener meist sehr schmerzhaft.

Oft verlangen die Patienten deshalb, daß auf das Ausziehen der engen Kleidungsstücke verzichtet und z.B. die Hose aufgetrennt bzw. aufgeschnitten werden soll. So war es auch in diesem Fall: Der Verletzte stöhnte vor Schmerz und rief wiederholt: „Hose aufschneiden!" Doch der daneben stehende Freund sagte:

„Nein, nein, das geht schon so, das hält er schon aus!"

Doch der Freund wieder: „Halt, aufschneiden, aufschneiden!"

Dann wieder sofort der Freund: „Nein, keinesfalls, das ist ja *meine* nagelneue Hose. Ich habe sie ihm nur für heute geliehen!"

Der Liegestuhl

An einem schönen Sommernachmittag kam in heller Aufregung eine junge Frau in die Ordination: „Herr Doktor, kommen Sie bitte sofort, mein Mann hat sich hier gleich in der Nachbarschaft - verletzt! Wir saßen im Schatten eines Obstbaumes und weil der Schatten weiterwanderte, wollte mein Mann mit dem Liegestühl nachrücken und anstatt dazu aufzustehen, hat er nur nach hinten an die Stützen des hölzernen Gestelles gegriffen. Mit einem Ruck versuchte er mit dem Stuhl zur Seite zu rutschen und schon war es passiert: Der Liegestuhl klappte zusammen und mein Mann war mit einem Finger in der Schere des Holzgestelles. Der Finger ist ab und mein Mann so schockiert, daß er nicht mitkommen konnte. Unsere liebe Hausfrau kümmert sich inzwischen um ihn."

Als ich gleich darauf in den Obstgarten kam, sah ich dort eine Person am Boden liegen und eine andere sich um die offensichtlich bewußtlose Person bemühen: Am Boden lag nicht der Verletzte, sondern die beim Anblick des abgetrennten Fingers kollabierte Hausfrau und der Verunglückte betreute die Bewußtlose!

Den wie mit einem scharfen Messer abgetrennten Finger hielt er dabei - in ein Taschentuch gewickelt - ganz fest in der Hand!

Die Schillingstücke

Kinder der ersten Schulstufe, also rund 6jährige, haben oft schon ein sehr ausgeprägtes und realistisches Verhältnis zum Geld. Wir mußten im Krankenhaus einmal einem Buben dieses Alters ein verschlucktes Schillingstück aus dem oberen Teil der Speiseröhre entfernen. Dazu war eine kurze Narkose notwendig. Damals wurde dazu noch der unangenehme Äther genommen und die Kinder hatten nach der Narkose meistens Brechreiz und weinten heftig und waren durch nichts abzulenken. Dieser Bub aber hatte, als er die Augen aufschlug, nur eine Frage: „Wo ist der Schilling?"

Als er ihn bekam, war er mit sich, mit der Umwelt und somit auch mit der eben durchgemachten Äther-Narkose vollauf zufrieden! Dazu gehört auch folgende wiederholt erlebte Szene: Während der Landarztvertretung kamen immer wieder auch jüngere Kinder ohne Elternbegleitung zum Zähneziehen. Ein Zahnarzt war weit und breit nicht und der Praktikus mußte das regelmäßig machen. Die kleinen Zahnpatienten hatten dann meist in einem Papier eingewickelt (oder in das Taschentuch) den bereits den Eltern bekannten Honorarbetrag mit:

Das waren damals 3 Schilling mit örtlicher Betäubung, ganze 2 Schilling ohne Anästhesie. (Ja, damals war der Schilling eben noch mit ziemlichem Recht Alpendollar genannt!)

So manches Kind wickelte dann vor dem Zahnziehen die drei einzelnen Schillingstücke aus, gab 2 davon dem Arzt und sagte: „Bitte ohne Betäubung!" Während des Ziehens wurden dann zur Überwindung des Schmerzes ganz fest die kleinen Fäustchen geballt und in einem davon war das sozusagen selbstverdiente Geldstück!

Einfach umwerfend

Immer wenn ich am Marchbach, der Grenze zwischen den Bezirken Kitzbühel und Kufstein bzw. zwischen den Gemeinden Going und Ellmau vorbeikomme, fällt mir ein Erlebnis ein, welches ich an einem herrlichen Spätherbsttag hatte.

Ich fuhr von Ellmau Richtung St. Johann und der geringe Verkehr erlaubte ab und zu einen Blick hinauf zu dem in der Nachmittagssonne besonders plastischen Ellmauertor und seinen wuchtigen Umrahmungen. Plötzlich überholte mich ein Auto mit bayrischem Kennzeichen in schon sehr flotten Tempo (vorsichtig ausgedrückt!). Ich dachte nur noch, jetzt, da die Schattenstellen nicht mehr trocknen, ist das wohl ein zu hohes Tempo! Und Sekunden später ist es schon passiert: Der Wagen bricht plötzlich nach rechts aus und ich sehe noch, wie er - sich überschlagend - im damals noch unverbauten Graben des Marchbaches verschwindet. Ich halte natürlich sofort an der Unfallstelle und rutsche mit meiner Erste-Hilfe-Tasche über die Böschung hinunter. Das Auto ist wieder auf die Räder zu stehen gekommen, der Überschlag hat ihm aber nicht gerade gut getan. Die Türen stehen weit offen, der Fahrer sitzt blutüberströmt daneben auf dem Boden und schaut mir mit etwas glasigem Blick entgegen.

Als ich nach oberflächlicher Untersuchung sage: „Die Wunde über dem Auge blutete wohl stark, ist aber weiter nicht so schlimm. Das ist noch einmal gut gegangen!", starrt er mich an und meint: „Ah, Sie san guat! Haben's net gsegn wie der Wagen ausschaut? Der is ja neu, fabriksneu sozusagen is er, na war er!"

„Jetzt werde ich einmal zuerst die Wunde verbinden, damit Sie wieder aus dem Auge schauen können!"

„A was, wia dös Auto ausschaut, dös siach i a mit oan Aug! Aber Sie, sagns amoi, san Sie vielleicht a Doktor? Des kann decht net sei !"

„Ja, freilich bin i Arzt!" - „Sakradi! Oans muaß i sagen: A Servis habts ös da in Tirol, das is einfach umwerfend!"

Der Reißverschluß

Ein junges schwedisches Ehepaar hatte sich in St. Johann für 14 Tage einquartiert. Schipaß und Schikurs waren im voraus bezahlt und die beiden wollten hier einen hoffentlich recht schönen und störungsfreien Hochzeitsurlaub verbringen.

Doch schon am ersten Morgen hat Freund Eros oder Gott Amor nicht recht aufgepaßt: als der junge Ehemann nach einer vielleicht nicht sehr langen Nacht wach wurde, erschrak er und weckte seine junge Frau an statt mit einem Guten-Morgen-Kuß mit einem entsetzten Aufschrei: „Schatzi, rasch aufstehen wir haben uns verschlafen! Der Schikurs beginnt schon in 20 Minuten!" (So oder ähnlich wird es auf schwedisch geheißen haben; ich erinnere, der Schikurs war ja schon in Pauschale inbegriffen und bezahlt!) Im Schrecken über die Zeitnot, in die sie geraten waren, sprang der junge Mann in seine Schihose und zog mit ziemlichem Schwung den Reißverschluß herauf. Und schon war es passiert! Er hatte sich ausgerechnet jenen Körperteil eingeklemmt, der bekanntlich nicht nur eine sehr dünne, zarte Haut hat, sondern naturgemäß gerade im Hochzeitsurlaub eine erhöhte Bedeutung hat!

Seine Versuche, den Körperteil bzw. dessen zarte Haut von der Umklammerung des Reißverschlusses zu lösen, war sehr schmerzhaft und vergeblich. Als er kurz darauf mit der Rettung zu mir gebracht wurde, konnte ihn schließlich nur ein, wenn auch kleiner, chirurgischer Eingriff von seinen Schmerzen und vor allem auch von dem psychischen Schock befreien.

Ein kleines nettes Nachspiel: am Ende ihres Urlaubes standen die beiden jungen Schweden plötzlich vor der Türe. Sie übergab mir einen kleinen Blumenstrauß und sagte dazu (der junge Ehemann konnte kein Wort deutsch!): „sie haben das gut gemacht, wir danken Ihnen und kaufen nie mehr eine Hose mit Reißverschluß!"

Der Gipsüberschuh

Kurz nachdem Richard Nixon die Wahl zum amerikanischen Präsidenten gewonnen hatte, aber noch nicht als Präsident installiert war, er also im Status des president elect war, sah man in der TIME ein Foto von Nixon mit einem Teil seines zukünftigen Mitarbeiterstabes, darunter sein Sekretär für Auswärtige Angelegenheiten (Außenminister) - Secretary of Foreign Affairs - Mr. Rogers, neben diesem saß Mrs. Rogers mit einem Gipsbein und über dem Gipsfuß ein Tuch gewickelt, das wir deutschen Landser wahrscheinlich einen Fußfetzen genannt hätten; jedenfalls nicht etwa eine gestrickte Kappe.

Ich kam damals auf die absurde Idee, ließ einen Gipsüberschuh, der mir in der Größe nach ungefähr auf den Gipsverband von Frau Rogers zu passen schien, verpacken, und schrieb dazu folgenden Text:

Sehr geehrter Mr. president elect,

als kleiner, österreichischer, unfallchirurgisch tätiger Arzt stört es mich, daß Sie, verehrter Präsident, mit der Frau Ihres zukünftigen Außenministers abgebildet sind, und diese Dame ihren an sich schon unbequemen Gipsverband mit einem so unattraktiven und sicher auch unangenehmen Tuch verhüllt, bzw. umwickelt.

Ich darf Sie daher bitten, Frau Rogers diesen Schuh mit den besten Empfehlungen eines österreichischen Arztes zu übergeben und darf Ihnen gleichzeitig für Ihre Präsidentschaft alles Gute und viel Erfolg für Amerika und die Welt wünschen. - Ich ahnte ja nichts von Watergate!

Ich hörte viele Wochen nichts. Dann kam plötzlich ein Anruf von der amerikanischen Botschaft in Salzburg. Der Botschafter sagte mir: „Lieber Herr Doktor, Sie haben da was angerichtet! Sie kriegen erst jetzt Nachricht aus dem Weißen Haus, weil man dort eben mit Ihrem Paket eben nichts anzufangen wußte. Dieser Lederbekleidungsgegenstand wurde vom Geheimdienst nach allen Regeln der Kunst zerlegt, durchleuchtet, auf Spuren chemischer Gifte und allem möglichen untersucht, denn irgendwo mußte da ja der Wurm drinnen sein. Erst nach Wochen gaben die Herren vom Geheimdienst auf und erklärten den Gegenstand doch als harmlos. Und nun werden Sie demnächst vom Weißen Haus direkt und auch von uns eine entsprechende Mitteilung bekommen."

Tatsächlich kam wenige Tage später ein Brief direkt vom President of the United States - natürlich von seinem Sekretär, daß er sich herzlich für diese Idee bedankt, der Frau Rogers den Gipsüberschuh zu geben, aber leider waren die Umstände so (Umstände, die mir inzwischen vom Botschafter erklärt worden waren), daß man inzwischen der Frau Rogers den Gipsverband bereits wieder entfernt hat. Er bedankt sich aber herzlich für das Interesse eines österreichisehen Arztes und so war der ganze Brief äußerst freundlich gehalten.

Einige Zeit später erhielt ich dann noch von der amerikanischen Gesandtschaft ein Paket mit drei Büchern über Amerika, Geographie, Geschichte und Kunst und einem, man würde es Reklameband nennen, der betitelt war „Wir, das Volk". Dazu natürlich noch ein entsprechendes Begleitschreiben.

Fazit: man kann also auch an die höchsten Leute der Welt schreiben und bekommt eine Antwort, aber man sollte doch besser nicht unvorbereitet solche Geschenke machen.

Und sonst nichts?

An einem Sonntag, gegen halb sechs Uhr früh läutete es an der Haustür! Unten stand ein mir schon seit langem bekannter Pensionist, ein kleiner, netter und immer freundlicher, schmächtiger

Mann, der den seltenen Namen Cyprian hatte und sich durch diesen Vornamen als Südtiroler aus der Umgebung des Schlerns und des Rosengartens ausweisen konnte. Er verstand es, sein Pensionisten-Dasein voll auszufüllen und damit er möglichst viel jeden Tag erleben konnte, pflegte er schon sehr früh aufzustehen. Keine Beerdigung ließ er aus, bei jeder Hochzeit, Taufe oder gar Musik- und Feuerwehrveranstaltung im Dorf war er zumindest als Zaungast immer dabei.

Vom Fenster im ersten Stock rief ich hinunter zu dem an der Haustür Stehenden, und da entspann sich folgende Unterhaltung:

„Ja, Cyprian was gibts denn so wichtiges um diese Zeit?"

„Guaten Morgen, Herr Doktor, i hab a wehe Zeachen (= Zehe!)"

„Ja, hast Du Dir weh getan? Hast Dir was drauf gehaut?"

„Na nit, es ischt lei an Hühneraug', aber des tuat saggrisch weh!"

„Ja, des hast Du ja wohl schon lang und nicht erst seit heute früh?"

„Ja, ja schon! Aber heut tuats halt besonders weh. I moan, das Wetter werd sich ändern! I war ja schon beim Fuaßpfleger, aber der tuat heut am Sunntig nicht! (Sonntags nichts!)"

Bis jetzt hatte ich ihm mehr oder weniger geduldig zugehört, aber mein Ton wurde jetzt deutlich unwirscher:

„So, und sonst fehlt Dir nichts?"

„Woll, woll, die Ohren tat i ma a no gern ausspritzn lassen!"

„Und warum kommst zu mir ausgerechnet am Sonntag und dazu noch so früh?"

„Ja, i hab mir denkt, Du hast heut leichter Zeit, weil unter der Wochen hast Du immer so viel zu tian! Und i bin iatz scho kemmen, damit ich dann noch die Friamess dertua! (Frühmesse erreiche)"

Er war in seiner Logik einfach nicht zu schlagen!

Der Lawinenhund

Die Lawinenhunde müssen als eine der ersten Übungen die Unterordnung lernen, um später auf dem Schoß des Hundeführers z.B. auf einem Sessellift ohne Panik mitfahren zu können, oder wenn der Herr den Hund über eine schwierige Stelle tragen muß, die für den Hund sonst nicht passierbar wäre. Bei dieser sogenannten Unterordnungsübung müssen die Hunde sich von ihrem Herren eine bestimmte Strecke mit beiden Armen vor der Brust tragen lassen. Ein schon mit seinem früheren Hund sehr erfahrener und guter Hundeführer hatte inzwischen einen neuen, noch ziemlich jungen Schäferhund - der übrigens später zu einem der besten Lawinenhunde wurde -, der sich einfach nicht tragen lassen wollte. Doch sein Herr gab nicht nach. Der Hund aber auch nicht. Und so kam es zu einer lautstarken Rauferei zwischen dem pyknischen, wohl auch leicht cholerischen Hundeführer und dem prachtvollen, aber noch ungebändigten Rassehund.

Einmal war der Herr obenauf, dann einmal der Hund. Die Balgerei endete erst - dann allerdings ziemlich plötzlich - als er ihm in ein Ohr biß und dieses nicht mehr los ließ! Der Herr nämlich das Ohr des Hundes!!!

Von dem Moment an war die Unterordnung des Rüden perfekt.

Der Weltmeister im Parken

In einem Städtchen an der Adria erlebte ich - nein, vielmehr, genoß ich mit Bewunderung - die perfekte Lösung zweier Probleme durch einen Italiener, der zwar aus dem bekannten Ort Vinci - nahe Florenz - stammte, aber hier in diesem kleinen, im Sommer von Fremden überlaufenen Badeort aufgewachsen war.

Leonardo löste durch seine Tätigkeit in einem besonders von den Gästen nördlich der Alpen vielbesuchten Hotel mehrere Probleme zugleich, Probleme, die andere für unlösbar gehalten hätten! Besagter Leonardo war Betreuer des Parkplatzes und Hausmeister. Der Hotelparkplatz war im Hof des offenen Viereckes des Hotels und dieser Platz war nur durch eine Zufahrt von der Rückseite erreichbar. Diese Zufahrt, ca. 20 m lang, war so schmal, daß man schon in einem mittelgroßen Auto beim Durchfahren keinesfalls die Türen öffnen konnte, ein Aussteigen war unmöglich!

Während nun sonst Gitter oder versperrbare Schranken die Ausfahrt eines Hotelparkplatzes schützen, um den eifrig betriebenen „Sport" des Diebstahls von Autos oder Autoradios zu unterbinden, gab es hier nichts dergleichen.

Aber es gab den Leonardo, das war doch viel sicherer. Dieser war ein kleines, unglaublich dünnes Bürschchen, das folgende Lösung gefunden hatte:

Er empfing jedes Auto vor der Einfahrt zum Parkplatz und erklärte dann dem Gast den weiteren Vorgang. Er würde den PKW abstellen, das Gepäck aufs Zimmer bringen und die Schlüssel aller Autos seien bei der Rezeption in einem Körbchen - frei verfügbar für jeden - aufbewahrt. Wenn man wegfahren wolle, müsse man es ihm früh genug sagen. Mir war nicht ganz wohl bei der Sache. Am nächsten Morgen aber sah ich die Lösung, die gleichzeitig den perfekten Schutz vor Mißbrauch oder Diebstahl eines Autos darstellt. Das überschlanke Männchen stellte die Fahrzeuge so knapp nebeneinander, daß kein halbwegs normal gebauter Mensch auch nur den Funken einer Chance hatte, in das Auto einzusteigen d.h. sich irgend wie auf den

Fahrer- oder Beifahrersitz zu zwängen. So hatte eine ganze Reihe Autos mehr Platz und auch die erfahrensten Profis (Profi im Autodiebstahl) hätten kein Auto in Betrieb nehmen können. Dazu war auch die Ausfahrt immer noch durch einen größeren PKW versperrt, in den sich nur der kleine Mann zwängen konnte. Hier war das Einsteigen wenn möglich noch unmöglicher. Wenn jemand nun z.B. das 3. Auto in der 2. Reihe brauchte, dann löste der Bursche gleichzeitig eine Denksportaufgabe, die jeder guten Rätselzeitung

zur Ehre gereicht hatte: Mit dem Verschieben einer gewissen - sicher der geringst möglichen - Zahl von Autos manövrierte er das gewünschte Fahrzeug auf die Straße und trotz des millimetergenauen Reversierens - versicherte der Padrone des Hauses - seien nie Meldungen oder Beschwerden über irgendeine Beschädigung gekommen. Diese Manöver machte er natürlich mit den Fahrzeugen der verschiedensten Fabrikate, fuhr viel im Rückwärtsgang, doch nie „auf Gehör" , kannte sämtlich Lenksperren und Schaltsysteme. Nur eines war wichtig: Er mußte Tag und Nacht vorhanden sein, einfach „sempre".

Und er war es. Nicht auszudenken, wenn er plötzlich erkranken und ausfallen würde!

Nun aber zu einem zweiten Problem, welches Leonardos ureigenes war: Infolge seiner körperlichen Schwäche war ihm sein Berufsziel versagt geblieben: Er hatte Automechaniker werden wollen, doch wegen seiner Kleinheit und Schwäche hatte ihn keine Werkstatt in die Lehre genommen. So verdiente er sich einige Lire als Hilfsarbeiter oder er hatte kurzfristig Gelegenheitsjobs, - wie man heute das wohl nennt. Die übrige Zeit stand er mit Freunden an einer Straßenecke und schaute sehnsüchtig auf die in der Saison zahlreich vorbeirollenden Luxusfahrzeuge, von BMW und Mercedes angefangen bis zum Jaguar, Porsche oder sogar Ferrari. Auch ein Bentley oder Rolls-Royce war manchmal darunter. Wenn er von einer guten Fee wie im Märchen 3 Wünsche frei bekommen hätte, wäre sein erster sicher gewesen: Bitte, laß mich einmal nur mit so einem Auto fahren! Der Erfüllung dieses an sich wohl unerfüllbaren Wunsches stand aber noch etwas entgegen: Er hatte ja gar keinen Führerschein, hatte auch nicht das Geld dafür und was sollte er schließlich auch damit?

Und dann kam plötzlich diese Chance als Parkplatzwächter - und -wärter! Jetzt konnte er alle die schönen Autos fahren, wenn auch nur einige Meter, konnte stolz wie ein Formel-I-Fahrer am Steuer, nein - im Cockpit sitzen und sich noch dazu von manchem bestaunen und von seinen Freunden beneiden lassen. Und Trinkgeld gab's auch und gar nicht wenig .....

Und noch ein Plus, das Entscheidende: das alles konnte er völlig legal tun, im Hof und in der Privateinfahrt des Hotels brauchte er ja keinen Führerschein. Ecco! Ob seinem berühmten Namensgenossen Leonardo aus seinem Heimatort Vinci, der ja ein Allroundgenie und Techniker war - obwohl er meist nur als der berühmte Maler ein Begriff ist - so eine geniale Lösung zweier Probleme eingefallen wäre? Trotzdem wird dem kleinen Leonardo die Nachwelt keine Kränze flechten, es sei denn, er ist - oder wird - außerdem noch Maler! Wer weiß?

Der verirrte Gast

Spät am Abend und mitten im Winter läutet es an der Haustüre. Draußen steht ein gut gekleideter Herr, der Aussprache nach eindeutig nördlich des Weißwurstäquators zu Hause. Er entschuldigt sich vielmals und kommt dann endlich zur Sache:

„Ich bin kein Patient...." Da ich gerade aus dem ersten Schlaf geweckt worden war, war ich vielleicht etwas weniger geduldig und fiel ihm ins Wort: „Ach so, wohl Ihre Frau, was hat sie denn?"

„Nein, nein, ich habe ja gar keine Frau und auch sonst ist niemand krank. Sie sind aber doch meine letzte Rettung."

Inzwischen holte ich den offensichtlich nahe dem Nervenzusammenbruch stehenden Mann ins Haus. Ich brachte ihn dazu, mir in aller Ruhe seine üble Situation zu schildern:

„Ich bin heute hier angekommen und vom Bahnhof habe ich mich mit dem Taxi in mein bestelltes Quartier bringen lassen. Ach, das sind so furchtbar nette Leute, die sagten, ich brauche heute keinen Hausschlüssel, sie würden ohnehin länger aufbleiben.

Ich wollte nur eben noch zum Abendessen gehen (er sagte wohl Abendbrot). Das war so gegen 19 Uhr und natürlich schon ganz dunkel, (hier ist ja auch keine Straßenbeleuchtung).

In der Wirtschaft habe ich mich mit ein paar Einheimischen dann so gut unterhalten, daß es wohl etwas später geworden ist. Und nun irre ich seit über einer Stunde herum und finde mein Quartier nicht mehr. Und die armen Leute können nicht schlafen gehen, weil sie auf mich warten! Das einzige, woran ich mich erinnere, ist eben, daß ich hier an dem beleuchteten Hauseingang mit dem Arztschild vorbeigekommen bin und mir noch dachte: Na hoffentlich brauchst Du den Herrn Doktor nicht, das verpatzt ja doch immer den Urlaub, wenn man krank wird."

„Ja, wie heißen denn die Leute, wo Sie das Zimmer bezogen haben?"

„Das weiß ich eben nicht mehr, das ist mir total entfallen."

„Haben Sie denn gar keinen Anhaltspunkt, etwa wie die Haustüre ausschaut oder was vor dem Haus ist oder sonst was? Erinnern Sie sich vielleicht, ob der Name einfach oder eher ein komplizierter ausländisch klingender ist? Ist der Name kurz oder lang? Haben Sie Kinder gesehen?"

"Ja, jetzt weiß ich etwas: da waren zwei Mädchen so im Volksschulalter und ich glaube ein kleines Kind habe ich noch weinen gehört!"

Na, das war wenigstens etwas. Welche Familie in der Nachbarschaft hat zwei Mädchen, die ungefähr im gleichen Alter mit unseren zwei älteren Kindern sein mußten. Die kennt man doch!

„Was haben Sie sonst noch für einen Anhaltspunkt? Ist das Haus größer, ein Mehrparteienhaus oder mehr klein, ein Einfamilienhaus oder so ähnlich?"

„Ja, richtig, eher klein! Ich dachte mir doch noch, daß das Haus eigentlich recht klein ist für einen Adeligen!"

Jetzt war ich platt.

„Wie, jetzt fällt Ihnen plötzlich ein, daß die Vermieter Adelige sind?"

„Ja, das schon, aber der Name! Der will mir einfach nicht einfallen. Ich glaube, der stand übrigens gar nicht auf dem Bestätigungsschein von der Zimmervermietung, da stand wohl nur der Titel!"

Trotz der späten Stunde konnte ich nun ein wahrhaft homerisches Gelächter nicht unterdrücken! „Kommen Sie mit zur Türe", sagte ich. „Da schauen Sie, dort drüben, das vierte Haus rechts, dort wohnen Sie!".

Er schaute mich teils erleichtert aber noch nicht ganz überzeugt an:

„Ja, wissen Sie denn jetzt den Namen?"

„Ja läuten Sie ruhig dort! Sie wohnen nämlich bei der Familie Graf!"

Der Eisbecher

In einem kleinen Cafe in Innsbruck habe ich mich mit einer Zeitung niedergelassen. Da kommt es zu folgender Unterhaltung mit der jungen, blonden, typischen Innsbrucker Vorstadtdialekt sprechenden Kellnerin:

„Bitte ein Schokoladeeis, zwei oder drei Kugeln, keinen Schlag, aber ein paar Waffeln!"

„Da müssen Sie einen dieser Eisbecher nehmen, die Karte ist hier auf dem Tisch."

„Gut, dann bringen Sie mir bitte einen Herrenbecher!" (Drei Kugeln Schokoladeeis mit mehreren Zutaten).

Nach mehreren Minuten kommt die holde Maid wieder:

„Das ist mir sehr peinlich, aber die Kollegin hat nicht einen Herrenbecher sondern einen Kaiserbecher gemacht, was machen wir jetzt?"

Der wird schon nicht so verschieden sein und außerdem sind mir die Habsburger egal, solange es sich um Speiseeis handelt!

Sie schaut mich etwas verwundert an und rauscht ab. Aber nicht etwa um jetzt mit dem Kaiserbecher zu erscheinen! Sie kommt mit leeren Händen und einer neuerlichen Frage:

„Die getauchten Japonaiszungen haben wir leider nicht, dürfen es bitte Hohlhippen sein?"

Ja, natürlich! (Ich hätte ohnehin nicht gewußt, was Japonaiszungen sindl)

Nach zwei Minuten ist sie wieder da, aber wieder ohne das schon sehnsüchtig erwartete Eis.

„Die Weichseln haben wir leider auch nicht, dürfen es Amarellakirschen sein?"

Was sollte ich dagegen sagen, ich kannte ja auch die Amarellakirschen nicht. Dafür freute ich mich aber auf den Schokokrokant, der auf der farbigen Anpreisung der verschiedenen Eisspezialitäten so verführerisch abgebildet war. Doch ich hatte mich zu früh gefreut: Sie war schon wieder da:

„Jetzt ist es mir aber doch zu dumm, aber der Krokant ist gerade ausgegangen, dürfen es Schokoladestreusei sein?"

Jetzt sagte ich doch etwas unwirsch wenn auch gottergeben: Wissen Sie was, bringen Sie mir einfach das, was Sie gerade haben, aber kommen Sie nicht mehr fragen, das ist nicht mehr notwendig."

„Ja, danke vielmals, das ist sehr freundlich von Ihnen."

Und jetzt kam sie wirklich mit dem Kaiserbecher. Ich traute meinen Augen nicht:

Was da vor mir stand, war ja fast genau das, was ich ursprünglich wollte: Drei kleine Kugeln Schokoladeeis mit einigen wenigen Schokoladesplittern (nicht Streusel) und darauf drei kleine Waffeln (nicht die angekündigten Hohlhippen!). Nur drei picksüße eingelegte Kirschen waren sozusagen außer Programm auf den drei Schokoladeeiskugeln.

Und zum Darüberstreuen (wahrscheinlich statt des Krokant) hatte sie noch eine Zugabe parat: beim Zahlen fällt ihr ein Geldstück gerade unter meine Sitzbank. Sie kriecht hinein, hält sich dabei an meinem Knie fest und sagt:

„Heut' geht aber schon alles schief! Sein' s mir bitte nicht bös!"

No na! Eigentlich hätte ich mich doch noch für diese nette Story bedanken sollen! Jedenfalls hatte sie sich für diese vielen Wege ein gutes Trinkgeld verdient.

Das neue Auto

Unser Bergfreund Gustl wurde von uns allen um eines beneidet, um seinen einfach unverwüstlichen Humor. Aber einmal habe ich erlebt, daß auch ihn der gute Humor im Stich gelassen hat:

Wir sind wieder einmal in Gröden. Es ist ein herrlicher Septembermorgen und wir beschließen: Heute geht's auf die BOE, die höchste Erhebung des Sella-Stockes. „Am Pordoijoch ist aber kein bewachter Parkplatz", wagte ich zu sagen.

„Oho," sagt Gustl „hast du mein neues Auto noch nicht angschaut? Vollkommen diebstahlsicher, versenkte Türgriffe, Panzerglas und und und. Das bringt keiner auf!"

Am Morgen war es im Tal recht kühl, am Joch angekommen schien aber schon die Sonne und es war deutlich wärmer, so daß wir beschlossen, unsere Anoraks mit den leichteren zu vertauschen. Gesagt, getan! Plötzlich hören wir den Gustl rufen: „Ja, Mam, hast du den Kofferraum zugemacht?" „Ja freilich, den warmen Anorak brauchst du ja net!"

„Na, den Anorak net, aber den Schlüssel aus der Anoraktasche. Ich hab ja schon die Zentralverriegelung bedient. Jetzt schau'n wir lieb aus!"

Die sofort einberufene Krisensitzung ergab, wir müssen mit unserem Auto hinunter nach Arabba, dort ist eine Autowerkstätte, vielleicht können die uns helfen. Gustl war zwar sehr skeptisch, aber eine andere Lösung gab es nicht. So klammerten wir uns an diesen Strohhalm!

Der Mechaniker dort, dem wir unsere Situation und die Autotype schilderten, zeigte sich nicht sehr beeindruckt und meinte nur, vorsichtshalber werde er doch mit dem Abschleppwagen hinauffahren.

Am Paß angekommen ging der gute Mann zuerst einmal mehrmals um Gustls Auto herum und tat vorerst nichts, Gustl sagte schon leise zu mir: „Der soll doch endlich den Wagen aufladen, die Zeit, die er herumgeht, müssen wir ja zahlen!"

Der Mann aber ging zu seinem Wagen, kam mit einem starken Draht wieder und in kürzester Zeit, es waren höchstens 2 Minuten, wenn nicht noch weniger, war das absolut einbruchssichere neue Auto offen und zwar ohne die geringste Beschädigung!

Doch halt, das stimmt nicht! Die Beschädigung war sogar eine erhebliche und eine zweifache: erstens: Gustls Glaube an die Versprechungen der Autofirmen im allgemeinen und an die Diebstahlssicherheit seines Autos im besonderen und zweitens war sein Humor für die nächsten Stunden erheblich, sagen wir einmal auf das absolute Minimum reduziert. Ein Grappa und die folgende traumhafte Bergtour brachten ihn aber doch bald wieder ins Gleichgewicht und abends beim Viererwatten war er schon wieder in Höchstform!

Das Platzkonzert

zur freundlichen Erinnerung an unseren Hans Raffl: *Hans schau oba und lach mit!*

Hans Raffl hatte vor seinem Haus am Berglehen eine Rasenfläche von ungefähr 4 mal 6 Metern. In der Mitte war da irgendein Gerät angebracht, zu dem mir Hans folgendes erklärte: Das sendet für den Menschen unhörbare Töne aus, die aber die Maulwürfe und Wühlmäuse wahrnehmen und die diesen Tieren so unangenehm sind, daß sie sofort die Flucht ergreifen bzw. sich nicht in Hörweite trauen. Sie werden also verläßlich abgehalten und die Gartenfläche bleibt von ihnen verschont.

Wir hatten im Garten damals immer viel mit ungebetenen Gästen zu kämpfen, aber noch waren nicht viele da. Also wurde sofort so ein Apparat angeschafft und in den Rasen gesteckt. Nach wenigen Tagen trauten wir unseren Augen nicht: Nahezu kreisförrnig war in mehreren Reihen eine gewaltige Anzahl von Maulwurfshügeln und dazwischen Wühlmausgänge! Es mußte sich unter den Viechern rasch herumgesprochen haben: Beim Krainz ist jetzt täglich ein Platzkonzert, ob klassisch oder Rock, weiß ich nicht, ich konnte es ja nicht hören!

Die Damenabfahrt

Nach einer herrlichen, spätsommerliehen Wanderung über die Puezhochfläche in den Dolomiten kamen wir durch das Lange Tal nach Wolkenstein heraus. In der letzten Stunde hatte sich immer mehr eine Wolkenwand im Westen aufgebaut und wir beeilten uns, noch vor dem nahenden Regen in unsere Unterkunft zu kommen. Am wolkenlosen Morgen waren sich der lokale Rundfunk und der alte einheimische Hausmeister unserer Pension einig gewesen, daß heute keinerlei Wetterverschlechterung zu erwarten wäre. Die beiden - das Radio und der Hausdiener - waren sich wie gesagt einig, nur Petrus scheint nichts davon gewußt zu haben. Plötzlich setzte nämlich ein Regen ein, nein, ein wahrer Wolkenbruch! Wir fünf hatten im Vertrauen auf - siehe oben - keinen Regenschutz mit und suchten unter dem schmalen Vordach eines Stadels halbwegs ausreichenden Schutz!

Als es immer weiter goß, sagte Karl, unser südtirolerfahrener Begleiter: „Das regnet sich jetzt ein, da müssen wir etwas unternehmen!" Aha, der meinte mich! Ich war nämlich der Autofahrer und das Auto stand bei unserer Pension nahe der Kirche.

Ich zog mir die Kapuze meines allerdings nicht wasserdichten, grellroten Sommeranoraks über den Kopf und lief querfeldein hinunter in das Dorf. Im Auto fiel mir erst ein, daß ich ja nicht wußte, wo der Fahrweg hinauf zu dem Stadel ging, wo meine Begleiter warteten. Es goß unverändert weiter! Und die Scheiben beschlugen sich, weil ich doch ziemlich in Schweiß geraten war. Da fiel mir plötzlich ein, daß oben unser ortskundiger Bergfreund Karl gesagt hatte: „Da vorne war das Ziel der Damenabfahrt der Schiweltmeisterschaft vom Jahre 1970".

Das konnte mir helfen! Ich nahm hinter der Kirche die erste Straße nach links Richtung Danterceppies-Talstation und dort irgendwo würde ich schon jemanden nach dem weiteren Weg fragen können! Und wirklich: Dort vorne links stand unter der Haustüre eine recht vollbusige ältere Frau und schaute sichtlich bedrückt auf ihre noch schön blühenden Sträucher, die jetzt doch stark unter den schweren Tropfen litten, bzw. bereits gelitten hatten.

Die Frau wollte ich jetzt fragen. Ich kurbelte das wie gesagt stark angelaufene Fenster herunter und rief zu ihr hinaus: „Entschuldigen Sie, bitte, aber wie komm ich hier zum Ziel der Weltmeisterschafts-Damenabfahrt?" Sie reißt die Augen auf und fragte ganz leise zurück: „Was wollen Sie?" „Ja, bitte, zum Ziel der Damenabfahrt!" Die gute Frau starrte mich an: Ein Mann mit wirr unter der Kaputze hervorhängenden Haaren, teufelsrotem, patschnassem Anorakt will, während der Himmel seine Schleusen geöffnet hat, mitten im Sommer zum Ziel einer Schiabfahrt! Das kann nur ein Wahnsinniger sein oder der leibhaftige Gottseibeiuns.

So war auch ihre Reaktion: Sie bekreuzigte sich mehrfach und rief dabei laut, während sie ins Haus stürzte: „Heilige Maria, Mutter Gottes, hilf!" oder so ähnlich, wie das halt auf ladinisch heißt. Ich hab es nicht ganz genau verstanden!

40 km/h

In Memoriam Haggenmüller Toni

Unser allseits bekanntes Original, der Haggei Toni, hat zu seinem Achtziger wieder einmal von seinen vielseitigen, schönen, weniger schönen und auch skurillen Erlebnissen erzählt. Eines davon möchte ich zur Erinnerung an unseren Toni wiedergeben und ich hoffe, daß er von da oben herunterschaut und mitlächelt.

Die Einmündung des Weges von Oberalmdorf in die dortige Kurve der Bundesstraße bei der Tischlerei Aufschnaiter war immer sehr unübersichtlich und unfallverdächtig.

Im ganzen Bereich der Bundesstraße von Almdorf in Richtung Dorf bestand eine Geschwindigkeitsbeschränkung von 40 km/h! An diese hielten sich aber nur wenige!

Da beschloß Toni zur Gemeinde zu gehen. Aber, da mußt Du zur Gendarmerie, das ist Bundesstraße hieß es. Also los, die sollen doch endlich einmal kontrollieren, das wird sich dann unter den Autofahrern bald herumsprechen!

Doch wochenlang geschah nichts, nicht eine Kontrolle!

Eines Tages, an einem herrlichen Morgen war es für unseren Toni wieder einmal Zeit, zu einer schönen Kaisertour aufzubrechen. Doch siehe da: nach der Unterführung hieß es: „Halt! Ihre Papiere bitte! Sie sind um 20 Km/h zu schnell gefahren, hier sind nur 40 km/h erlaubt!"

Toni: „Ich weiß, aber gut, daß Ihr endlich einmal kontrollierts. Habt's schon viele derwischt?"

„Nein, Sie sind der erste!"

Ein eigenartiger Traum

Präsident Reagan in Europa oder die 5. Berg-Isel-Schlacht!

Eines Morgens wachte ich schweißgebadet auf und merkte, daß es Gott sei dank ein Traum war:

In Innsbruck, im Landhaus, sitzt der allseits verehrte Landeshauptmann Wallnöfer und soeben wird ihm ein persönlicher Beauftragter der amerikanischen Präsidentengattin Nancy Reagan gemeldet. Dieser erklärte, er käme in einer sehr wichtigen, aber sehr diskreten Angelegenheit:

„Herr Gesandter, was steht zu Diensten?" fragte der Landeshauptmann „was kann ich für Sie tun?"

Gesandter: „Herr Landeshauptmann! Ich komme im Auftrag unserer First Lady, Sie wissenja wohl, unserer sehr verehrten Nancy. Sie hat große Sorgen um den Präsidenten, die Sache ist die: der Chef - Mister President - kann es nicht verkraften, daß in Deutschland der beliebteste amerikanische President immer noch John F. Kennedy ist. Sie wissen ja, damals in Berlin, „Ich bin ein Berliner!". Damit hat er sich die Herzen der Berliner und der Deutschen erobert. Jetzt will Mister Reagan auch in Deutschland volkstümlich werden!

Und da fürchtet nun seine Frau, unsere liebe Nancy, daß er statt nach Berlin nach München oder Hamburg gehen möchte. Ja, München, zum Oktoberfest, das ginge schon, vielleicht würde er dort Rodeo reiten. Da müßten unsere Leute halt sehr aufpassen. Aber Hamburg, das könnte eine Katastrophe werden.

Stellen Sie sich vor, der amerikanische Präsident spricht vor einer riesigen Menge in viele Mikrophone und hebt dann zum Schluß außerhalb des ihm ja von Nancy vorbereiteten Textes die Arme und ruft: Glaubt mir, ich bin ein Hamburger (Aussprache Hämburger!!!) Schrecklich, unausdenkbar.

Und jetzt zum Grund, warum SIE mir helfen können. Er ließe sich vielleicht von einem Besuch in Hamburg abbringen, wenn wir ihm die Rolle des Freiheitskämpfers am Berg Isel bieten könnten."

Wallnöfer: „Wie taten iatzt Sie sich des vorstellen?"

Der Ami: "Ja, vielleicht so eine Schlacht am Berg Isel mit Ihren Soldaten und in Originaltrachten veranstalten und Reagan könnte dann, wenn der Sieg der Franzosen droht, auf einem schwarzen Rappen angesprengt kommen und aus zwei Colts aus der Hüfte heraus feuernd die französischen Anführer ausschalten und damit den Sieg auf die tirolischen Fahnen heften."

Wallnöfer schaut den Gesandten von unten an und sagt langsam und verschmitzt: „Das mit der Schlacht am Berg Isel ischt bestimmt a guate Idee. Des mach ma. Aber nit mit dem Militär. Na, des müaßen insere Schitzen machen. Die Innsbrucker und Oberländer spielen die Tiroler und die Unterländer Schitzen ziachn mir als Franzosen an und dann kanns losgehen. Der Plan, der gfallt mir sakrisch guat. Aber wenn der Reagan kimmt, muaß des klappen. Wissens was, mir machen glei a Generalprob und Sie telegrafieren mir, wann der Herr Präsident kemman will!"

Herzliche Verabschiedung. Bye, bye, Herr Landeshauptmann, Missis Reagan wird Ihnen sehr, sehr dankbar sein!

Pfiat Eana, Herr Botschafter und an schianen Gruaß!

Zwei Wochen später.

Wally allein, sein Sekretär kommt herein: W.: „Wieviel seins iatzt?"
Sekretär: „5 schwer, 22 leicht, keine Toten!"

W.: „Haben doch die Zillertaler und die Koatlackler die Prob benutzt, um ihre alten Feindschaften auszutragen und dann ham die anderen natürlich a dreinghaut, de Deppen!

W. zum Sekretär: „Also sofort ein Telegramm an das Weiße Haus! Lieber Mister President! 5. Berg Isel Schlacht nicht mehr durchführbar, da gestern schon stattgefunden! Tuat mir load, sehr load. Des kannst net schreiben. Schreib sorry, very sorry, your Wally!"

Wallnöfer jetzt allein, schüttelt den Kopf und sagt vor sich hin „Dia Deppen, wo i so gern den Andrä Hofer gspielt hätt!"

Lasset die Berge den Frieden bringen

Das Älterwerden ist mühsam: die Muskeln schwinden, die Gelenke werden weniger beweglich und das Aufwärtsgehen kostet mehr Anstrengung und Überwindung.

Diese Beschwerden kann man nur vermindern, verzögern oder zum Teil ganz wegbringen, wenn man Muskeln, Gelenke, Sehnen und Bänder immer wieder und in nicht zu großen Abständen belastet. Dadurch werden sie besser durchblutet und belohnen dies mit besserer und schmerzfreier Leistung. Dazu gibt es viele Wege, von denen aber nur jene ratsam sind, die keine Sprint- oder Kraftübungen sind. Das beginnt beim flotten Spazierengehen, steigert sich beim Wandern (mit Rucksack) in flachem Gelände und erreicht den besten Wirkungsgrad beim Bergwandern im Sommer und Skitourengehen im Winter.

Wenn man dabei langsam beginnt und nur so weit das Tempo steigert, daß man die Pulszahl: Alter plus 30 bis 40 nicht überschreitet, so tut man auch viel für Herz und Kreislauf bzw. Blutdruck und somit für die Kondition.

62jähriger Urlauber am Weg zum Stripsenjoch plötzlich gestorben! Bergsteiger mit schweren Muskelkrämpfen von Hubschrauber geborgen -

Ist das Bergwandern für ältere Menschen wirklich so ungefährlich, wie immer behauptet wird?

Ja, es ist ungefährlich und ist sicher die beste Erholungsmöglichkeit für Leib und Seele, ja, auch für die Seele!

Allerdings sind einige Regeln bzw. Ratschläge zu beachten, bevor und während man sich auf eine Bergwanderung begibt.

Unter diesen Vorbedingungen können auch 70 bis 80jährige (unsere ältesten Mitglieder beim Alpenverein St. Johann sind um die 85 und bei weitem nicht die langsamsten) Bergwanderungen von 4 bis 6 Stunden ohne Schwierigkeiten bewältigen, eingeschlossen etliche Hundert Höhenmeter.

Warum aber ist das Bergwandern anderen Möglichkeiten zu trainieren überlegen?

In der 3. Stunde der Bergwanderung stellt sich ein steigendes Wohlgefühl ein, welches die beginnende Ermüdung überdeckt und eine erst in der letzten Zeit entdeckte Erklärung hat: Wenn der Körper die Zuckerstoffe in den Muskelzellen reduziert, werden von der Leber Reserven mobilisiert und damit zugleich körpereigene hormonähnliche Stoffe in die Blutbahn gebracht, die man Endorphine nennt. Diese Endorphine sind es, die für das Wohlgefühl, die Euphorie, wie das genannt wird, verantwortlich sind. Wenn dann noch das optische Erleben der herrlichen Bergwelt mit den Bergseen und Blumenmatten im Sommer, den prachtvollen Schneehängen und -graten im Winter dazukommt, und noch dazu der lautlos tobende Ehrgeiz mit dem Erreichen des Gipfels oder der Scharte befriedigt ist, dann ist der Wanderer in jenem Zustand, in dem er zusehends toleranter, freundlicher gegen andere Hüttenbesucher und auch gegen sich selbst wird. Und deshalb finde ich den Spruch so treffend, der in Graubünden an einer Almhütte auf dem Anstieg zum Erzhornsattel zu lesen ist: „Lasset die Berge den Frieden bringen!"

Und noch ein Wort zum Seniorenwandern: Man ist in unserem Alter versucht, wenn man den Anblick des Wilden Kaisers oder z.B. der Dolomiten genießt, in den negativen Gedanken zu verfallen: Wie toll war das damals da oben, aber heute komme ich da nicht mehr oder nur mehr auf dem normalen Fußweg hinauf. Da, liebe Bergkameraden, denkt an die Worte, die Viktor Frankl als Wandspruch in Gröden entdeckt hat: „Leuchtende Tage - nicht weinen, daß sie vergangen, sondern lächeln, daß sie gewesen!"

Eine wahre Weihnachtsgeschichte

Es ist der 24. Dezember 1941. Ein Lazarett-Zug rollt seit Tagen von der russischen Ostfront südlich von Moskau über Smolensk und Minsk, jetzt bereits durch Polen, Richtung Deutschland.

Die D-Zug-Waggons sind so umgebaut, daß je 2 Stockbetten übereinander in Fahrtrichtung angebracht sind und vom Mittelgang aus die Ärzte und Sanitäter die notwendigen Verbandwechsel und sonstigen Behandlungen durchführen können.

Im dritten Bett links unten liege ich, rechts ein Bayer und darüber im Stockbett ein - der Sprache nach unverkennbarer - Sachse. Er war von einer Einheit der Waffen-SS und hatte sich in den letzten Tagen recht unbeliebt gemacht, weil er sich immer wieder in die Gespräche der Landser einmischte, wenn sie z.B. sagten, sie hofften, daß sie nach Ausheilung ihrer Verwundungen nicht mehr fronteinsatzfähig würden. Er pflegte dann zu sagen, daß es unsere Aufgabe wäre, so rasch als möglich wieder gesund und einsatzfähig zu werden und für Großdeutschland und unser Volk zu kämpfen. Was ihm dann die Landser an den Kopf warfen, kann man nicht ohne weiteres wiedergeben!

Heute abend ist es im Lazarettzug auffallend ruhig.

Vielleicht denken mehrere daran, daß heute der 24. Dezember ist. Es ist natürlich schon früh dunkel geworden und während der Zug fast ohne Aufenthalte nach Westen fährt, meldet sich auf einmal der Bayer:

„Hört's einmal zu! Wißt Ihr eigentlich, daß heute Heiliger Abend ist?"

Zuerst kommt keine Antwort, dann der SS-Sachse von oben:

„Ach, hör doch auf mit diesem Blödsinn! Das mit dem Christbaum und dem Christkind ist doch alles Quatsch, das macht die Kirche doch nur, damit die Kinder schon Wochen vorher brav sind, um ja vom Christkind schöne Geschenke zu bekommen. Da ist doch das Jul-Fest und da sind die Rauhnächte etwas ganz anderes, das hatten

doch die Deutschen und die alten Germanen immer schon gefeiert."
Bald darauf verlangsamte sich die Fahrt des Zuges und kaum, daß er
angehalten hat, öffnet sich die Tür und herein kommen zwei junge
Frauen von der damaligen Frauen-Organisation.

Während die eine Päckchen an die Verwundeten verteilt, stellt die
andere einen kleinen Christbaum auf und zündet die Kerzen an.
Dann sagt sie mit fester Stimme und bis in die letzte Reihe gut zu
vernehmen:

„Liebe Soldaten, ihr könnt zwar von uns nur einen kleinen
Weihnachtsgruß bekommen, aber ihr habt ja eine ganz große
Weihnachtsfreude vor Euch. Wir sind nämlich hier am
Grenzbahnhof zu Oberschlesien und wenn jetzt der Zug weiterfahren wird, seid Ihr in wenigen Minuten auf deutschem Boden, also
wieder in der Heimat. Wir wünschen Euch allen alles Gute und eine
baldige Genesung!"

Kaum hat sich der Zug in Bewegung gesetzt - die kleinen Kerzen
brennen noch - da stimmt einer plötzlich das Lied an:

„Stille Nacht, heilige Nacht ....„

Und alle singen mehr oder weniger schön und mehr oder weniger
laut mit. Dann bei der zweiten Strophe sind es schon nicht mehr alle,
die den Text können. Bei der letzten singt schon fast nur mehr einer
allein. Der hat aber eine besonders schöne und klare, raumfüllende
Baritonstimme. Nach dem Lied „Stille Nacht" ist ein paar Minuten
völlige Stille und dann beginnt diese schöne Stimme wieder: diesmal mit dem besonders in norddeutschen Landen geschätzten
Weihnachtslied „Oh du fröhliche, o du selige, gnadenbringende
Weihnachtszeit. ...„

Auch die zweite Strophe dieses schönen, ursprünglich sizilianischen
Volksliedes singt die beeindruckende Stimme fast allein und die
dritte und letzte Strophe kennt keiner mehr außer dem Sänger:

„Himmlische Heere, jauchzen Gott Ehre, freue - freue Dich, o
Christenheit! „

Dann ist es lange Zeit still bis der Bayer hinauf zu dem Bett ober ihm sagt: „Kamerad, ich weiß zwar nicht, wia Du ausschaust, und Du kannst mich auch net sehen, aber bös bin i Dir nimmer, wegen die Reden,was Du in den letzten Tagen g'führt hast. Aber sag, wieso kannst Du denn die ganzen Strophen von die Weihnachtslieder so gut auswendig?"

Darauf der Mann ober ihm: „Nu, ich bin schließlich in Leipzig geboren und war dort beim Knabenchor, der ja noch den Namen vom Thomas-Kantor Johann Sebastian Bach trägt; da war ich einer der Solosänger."

Wieder entsteht eine längere Pause, dann kommt's wieder bayrisch: „Oans muß i Dir sagn, wenn mir der Himmelvater noch fünfzig Jahr gibt, dann werd i wahrscheinlich noch viel größere und schönere Christbäum erleben, als das kleine Baumerl da mit dene fünf Kerzen und ich werd wahrscheinlich auch schönere und wertvollere Weihnachtsgeschenke kriegen als des Sackerl mit der oan Orangen, dem Apfel und de paar trockenen Keks, aber wenn mia dann so um den Baum stehen und „Stille Nacht, heilige Nacht" singen, dann werd i net mittun können. Denn i werd dann immer nur dei schöne Stimm' im Ohr haben mit dem O du fröhliche, o du selige, gnaden-bringende Weihnachtszeit. Und dafür möcht ich Dir danken!"

Der Zug rollt weiter durch Oberschlesien und niemand mehr spricht ein Wort. Aber einige sagen dann später, sie hätten plötzlich ein Gefühl gehabt, wie von einem leisen Luftzug. Es sei wahrscheinlich das Christkind oder eines seiner Engerl durch den Waggon geflogen. Das wird ja dann gesehen haben, wie sich diese Landser, die erst vor wenigen Tagen der Hölle der Ostfront mit minus 35 Grad - zwar verwundet und mit Erfrierungen, aber lebend - entronnen waren, mehr oder weniger verstohlen die Augen wischten und sich dann auch immer wieder einmal schneuzten, so wie man es halt tun muß, wenn einem die Augen naß werden.